KB075984

안녕, 인도네시아

저자 로테

사진과 글로 사소한 일상을 기록하는 취미가 있습니다. 식물, 동물, 자연관찰, 석양 감상, 여행을 좋아합니다. 마음 맞는 사람들과 시간 추억 쌓기를 소중히 여깁니다. 2005년 새해부터 매일 일기를 쓰고 있습니다.

안녕, 인도네시아

발 행 | 2021년 12월 28일
저 자 | 로테
펴낸이 | 한건희
펴낸곳 | 주식회사 부크크
출판사등록 | 2014.07.15(제2014-16호)
주 소 | 서울특별시 금천구 가산디지털1로 119 SK트윈타워 A동 305호
전 화 | 1670-8316
이메일 | info@bookk.co.kr

ISBN | 979-11-372-6807-4

www.bookk.co.kr

안녕, 인도네시아

로테 지음

목 차

시작하는 말

"avoir le coeur gros (=마음 아프다)"

대학시절 프랑스 작가 미셸투르니에의 〈외면 일기〉에서 기록해 둔 문장이다. 직역하면 '심장이 터질 듯이 커졌다'라는 이 말은 추억과 감정들이 가득 차 마음 아픈 상태란 뜻이다. 나는 이 문장처럼 그리운 것들을 많이 만들고 싶었다. 가끔 인도네시아에서의 일들이 아련한 꿈처럼 여겨진다. 그러면서도 방금 전 일처럼 생생히 기억나기도 한다. 퇴사 한지 3년 반이 더 지났지만 아직도 0812로 시작하는 열두 자리 인도네시아 폰 번호가 머릿속에 떠다닌다. 지금은 지구본 위 아주 떨어진 거리에 있지만, 문득문득 장면들이 흰 바람벽 너머로 떠오를 때마다 글 쓰는 취미를 되살릴 수 있었다. 이 책은 인도네시아에서 6년간 회사 생활을 하며 겪은 일상을 다룬 개인 기록물이다. 우연한 인연으로 이 글을 보고 계신 모든 분들의 건강과 행복을 기도 드린다.

프롤로그

인도네시아 오니 어때?
인도네시아에 온 여자들은 세 번 운단 말이 있어

오기 전엔 오기 싫어서,
살면서는 너무 편해서,
마지막엔 가기 싫어서,

처음 인도네시아 도착하고 얼마 안 됐을 때 들은 말이다. 사실인
지 아닌지 언제부터 나온 말인지 알 수 없지만, 나로써는 첫 번째만
빼면 맞는 말 같다.

제1화 인도네시아 생활

1.1 당연한 것들에 대한 오해

　세계 4위 인구, 한반도 면적의 8.5배, 섬 18,000개 인도네시아 (KOTRA, 2021)는 내 인생에서 열네 번째로 방문한 외국 나라였다. 매번 새로운 나라에 방문할 때마다 그 나라의 문화를 생생하게 체험하는 것은 공항 입국장에서 찾은 화장실에서부터 시작하는 것 같다. 화장실 입구에 붙어있는 남녀를 구분하는 그림 스타일, 문 손잡이 모양, 문 잠그는 방식, 변기 물 내리는 레버의 위치와 디자인, 세면대 크기와 수도꼭지 모양을 비롯해 이 모든 것들이 기존에 내가 생각했던 범주에서 벗어나기 때문이다. '어, 이런 것도 있네?' 내가 알고 있던 당연한 것들의 틀이 일순간에 해체 돼 버린다.

　공항에서 도심을 향해 달리는 자동차 운전석 위치 또한 다르다. 한국처럼 운전석 위치가 왼쪽인 나라는 프랑스, 중국, 대만, 아이슬란드 등이고 오른쪽인 나라는 영국, 호주, 일본, 홍콩, 라오스, 싱가포르 그리고 인도네시아 등이 있다. 도로 위를 알록달록한 색깔로 물들이는 빨간, 노란, 파란색의 자동차들을 보면서 한국의 자동차 색상이 흰색, 검정색, 은색 위주라는 것도 새삼 깨달아 진다. '왜 그럴까?' 무심코 지나치던 많은 것들에 대해 처음으로 의구심이 생긴다. 이유를 분석하다 보면 역사와 문화가 두루 얽혀 있다.

날짜를 쓰는 방식도 다르다. 한국은 년, 월, 일 순서로 적는데 영국은 정반대인 일, 월, 년 순서대로 적는다. 또한 미국은 월, 일, 년 순서대로 적는다. 내가 당연하게 사용하던 방식이 세상의 전부가 아니었음을 깨닫게 된다. 가격표나 장부에 적혀 있는 숫자를 보면 쉼표로 천 단위 구분을 하고 마침표가 소수점 역할을 하는 우리나라와 반대로 쉼표가 소수점 역할을 하는 나라들도 있다. 대표적으로 인도네시아가 그렇다. 한국에서는 당연하다고 생각 했던 방식들이 외국에 나오면 당연하지 않다. 새로운 방식을 받아들이며 적응하는 과정이 필요하다. 전 세계 국가 수가 195개(유엔 기준)이니 얼마나 더 많은 생각지도 못한 '당연한 것들'이 동시대에 펼쳐져 있는 걸까. 내가 알고 있는 '당연한 것들'에 대한 보자기를 세상에 풀어 조화롭게 융화 시키고 이해의 지평선을 넓힐 수 있다는 것이 외국 생활의 장점 중 하나가 되는 것 같다.

1.2 빈부격차

지구는 아름답다. 이 세상에서 인간들도 아름답게 살 수 있다면 좋으련만 힘겨운 삶의 모습들이 마치 영화 장면처럼 비현실적으로 눈앞에 펼쳐질 때가 있다. 밖의 날씨가 에어컨 실외기에서 갓 뿜어 나오는 후덥지근한 바람 같은 날. 에어컨 23도로 설정된 시원한 사무실에서 얼음이 달그락거리는 유리컵을 들고 창 밖의 36도 더위를 강 건너 불구경하는 기분으로 바라보면서 깨닫는다. 동시대를 사는 인류들의 다양한 삶을 텔레비전 화면을 통해 볼 순 있어도 그들이 겪는 기아, 전쟁, 고통의 삶까지는 깊이 공감할 수 없는 한계가 있다고.

자카르타의 고급 호텔들과 최고급 백화점들이 즐비한 거리를 지나다 보면 가끔 리어카 가족을 볼 수 있다. 아빠는 앞에서 리어카를 끌고 어린 아이 두 명은 리어카 안에서 서로에게 기대 곤히 잠을 자고 엄마는 뒤에서 리어카를 밀고 있다. 어느 현지인이 말하길 그것이 바로 그 가족의 먹고 자는 집이라고 한다. 명품 매장이 즐비한 건물 외벽에 넝마 옷을 입고 힘없이 기대 앉아 허공을 응시하는 슬픈 눈의 노동자, 갓난아기를 안고 구걸하는 여윈 여인네, 학교 대신 도로에서 물건을 팔고 있는 고사리 손의 어린아이들, 이 모두가 하루의 생존을 위해 힘겹게 살아가는 중이다. 이런 모습들이 내 시야에 담길 때마다 인생은 고통이라는 부처님의 깨달음에 깊이 공감되며 지금 내가 누리는 삶의 안락함 속에 타인의 고통이 깃들어 있는 건 아닐까 숙연해진다. '내가 이렇게 편하게 살아도 되는 걸까?' 반성의 기분이 든다. 그리고 내가 사는 아파트를 지어준 사람과, 내가 먹는 음식을 만들어준 사람, 내가 쓰는 물건을 만들어준 사람, 내가 버린 쓰레기를 치워주는 사람 등 보이지 않는 사람들에게 고마운 마음이 생긴다. 그래서일까, 잔인한 방법일 수도 있지만, 가끔 감사할 줄 모르고 가진 게 이것밖에 없다는 생각이 들 때 하나를 더 가져가 버리는 건가 싶다. 그러면 기존에 있었던 게 얼마나 소중했는지 깨달아 지니까. 나의 행복이 타인의 착취를 통해서 이뤄지기 보단 타인을 위해 쓰임으로써 얻어질 수 있게 되길 바란다.

1.3 웃음 많은 사람들

인도네시아인들은 참 웃음이 많다. 유치한 농담에도 배꼽 빠지게 웃어주는 모습을 보면 참 웃음에 너그러운 민족이라는 생각이 든다. 내가 다녀 본 나라들과 비교해 봐도 웃음의 역치가 낮은 사람들이 인도네시아에 사는 것 같다. 고맙게도 썰렁한 개그에도 정말 잘 웃어 준다. 소수에게만 통할 법한 내 유머에도 웃어주는 모습에 알 수 없는 흡족한 기분이 드는데 은근 중독성 있다. 주로 회사 직원들과 만나다 보니 그들의 웃음을 보며 상사라 그런가 생각한 적도 있지만 회사를 벗어나 처음 보는 사람들도 잘 웃는 걸 보면 그건 아닌 것 같다. 다른 한국 분들도 인도네시아 사람들이 웃음이 많다는 사실에 공감한다.

한 날은, 인도네시아어 과외 시간에 자카르타에서 흔히 볼 수 있는 초록색 버스 'KOPAJA' (장난감 가게에서 미니어처로 판매될 만큼 자카르타를 대표하는 대중교통 수단 중 하나, 2019년 운영중단 됨) 버스 이름의 유래에 대해 물어보기로 했다. 사전을 찾아봐도 없기에 현지 주민이면 알 거라 생각했기 때문이다.

"버스에 적혀있는 KOPAJA 뜻이 뭐에요?"

"…딱히 의미는 없는 것 같아요"

한참 갸우뚱하던 과외 교사가 대답한다. 장난기가 발동해 한국어로 '코를 파자' 라는 뜻이라고 말했더니 웃음 많은 인도네시아인답게 한참을 배꼽 잡고 눈물까지 살짝 닦으며 웃는다. 내 말에 이렇게 웃어 주다니! 고마웠다.

웃음이 많아서 행복해 보이는 효과가 있지만 실상은 USD300불 가량의 한달 월급이 재산의 전부이거나, 몸이 아파도, 밥을 굶어도, 일이 체력적으로 힘들어도 상황에 굴하지 않고 웃을 틈만 생기면 웃는 것이다. 환하게 잘 웃는 모습을 보고, 걱정 없이 편하게 살아왔을 거라고 오해할 수도 있지만 이야기를 하다 보면 힘든 가정사와 넉넉치 못한 가정형편을 알 수 있게 된다. 즉, '그럼에도 불구하고 웃는다는 것'. 결국, 상황 때문이 아니라 웃으며 살기로 선택한 것일 뿐이다. 한국에 오면 문득문득 인도네시아 사람들의 웃음이 그리워질 때가 있다. 어디선가 고생을 많이 한 사람일수록 더 잘 웃는다는 말을 들은 적이 있다. 생각하다 보니 대학 시절 읽었던 루이스 휘른베르크의 〈울기는 쉽지〉란 시가 떠오른다. 사실, 힘든 환경 속에서도 웃기로 선택한다는 건 어려운 일.

1.4 동거 동물들

#인도네시아 귀여운 도마뱀 Cicak

인도네시아에서 주말에 아무 약속 없이 방에 콕 박혀 있을 때마다 내가 혼자 외로운 존재가 아님을 느끼게 해준 존재인 cicak(찌짝)이는 작고 귀여운 파충류이다. 주로 벽 아무데나 달라붙어 있는 모습이 대부분인데 가끔 화장실에도 출몰하고 딱 한번 이었지만 퇴근 후 방문을 열어보니 침대에 놓여진 폭신한 베개 위에 올라가 있던 아주 작은 새끼 찌짝이도 발견한 적이 있다. 다행히 동물들은 파충류 포함 대부분 다 좋아하는 편이라 별다른 불편 없이 찌짝이와 동거 생활을 할 수 있었는데, 매일 보다 보면 어느새 몸 색깔이며 무늬 등의 작은 특징들을 기억하게 돼 정이 들어 버리게 된다. 그래서 정든 찌짝이가 몇일 연속 보이지 않으면 근황이 궁금하기도 하고 오랜만에 나타난 찌짝이가(다행히 죽지 않고) 여위어 있으면 가여운 마음에 달콤한 과일이라도 주게 된다. 한날은 화장실에서 자주 보이던 매우 작은 새끼 찌짝이가 움직이지 않아 가만히 다가가니 눈을 감은 채 죽어 있었다. '이 어린 것이 하필이면 먹을 것 없는 우리 집 화장실에 터를 잡아서 굶어 죽었구나' 가엽게 느껴졌다. 한국에 오니 인도네시아의 그 많던 찌짝이가 단 한 마리도 보이질 않는다. 한국 집에 온 이후부터는 방에 혼자 있을 때마다 정말 혼.자.가 돼 버렸다.

#테니스 코트장에서 자는 도마뱀

집과 회사를 Door-to-Door로 차만 타고 다니니 뭔가 먹고 살찌우는 과정의 연속인 것 같아 테니스 개인 레슨을 시작하였다. 퇴근 후 조명 켜진 테니스 코트에서 밤에 열심히 테니스 공을 줍던 어느 날 그 조명 아래 철망을 침대 삼아 껴안은 채 눈을 감고 곤히 자고 있는 도마뱀 한 마리를 우연히 발견하였다. 집안 곳곳을 누비고 다니는 흔한 cicak이랑은 좀 종류가 다른 도마뱀이었다. 그 도마뱀은 신기하게도 매일 같은 위치에서 철망 사이에 비집고 들어가 두 팔로 철망을 껴안고 눈을 감고 자고 있었다. 너무나도 곤히 자고 있는 모습이 귀여워 사진을 찍으려고 핸드폰 카메라를 가까이하니 갑자기 눈을 떴다. 그리곤 사진 찍으려면 찍으라는 투로 어렴풋이 실눈만 게슴츠레 뜨는가 하더니 다시 또 잠만 자던 작은 도마뱀. 그곳에 터 잡았는지 몇 달이나 자는 모습을 관찰할 수 있었는데, 어느 날 소리 소문 없이 사라져 버리고 다시 나타나질 않았다. 이름도 모르는 도마뱀이었지만 참 귀여웠었는데 어딘지 모르게 아쉬운 마음이 든다. 어디로 간 걸까.

#초속 개미

자카르타 아파트에 살 때, 달콤한 꿀 군고구마를 사서 책상 위에 놓고 잠든 적이 있는데 평소엔 보이지도 않던 개미들이 몰려와 군고구마를 습격한 적이 있다. 한국 개미들과는 달리 크기가 1mm 가량으로 매우 작고 초파리처럼 빠르게 움직여서 처음에는 개미인지 초파리 떼인지 다시 한번 주의 깊게 볼 정도로 작았다. 잡으려 하면 순식간에 바람처럼 사라져버린다. 개미가 다니는 길목을 테이프로 막아도 보고 슈퍼마켓에서 판매하는 개미 퇴치용 분필도 칠해보았는데 완전히 퇴치하기는 어려웠다. 오랜만에 본 한국 개미의 느린 걸음걸이가 상대적으로 점잖게 느껴진다.

#강아지와 고양이

자카르타에서 떠도는 강아지를 본적이 거의 없다. 반면 주택가 골목을 유유히 누비는 고양이들은 아주 많다. 고양이들은 색상과 무늬 모양들이 매우 다양하며 사람을 피하지 않고 오히려 졸졸 따라오기까지 하는 붙임성을 보인다. 한국의 길 고양이들은 겁난 눈동자를 하고 사람을 피해 다녔던 것 같은데 고양이들도 나라별 문화 차이가 있는 것 같다. 자카르타의 엄청난 교통대란으로 인해, 출근길에는 뒷골목 지름길을 이용하는데 목적지까지 차창 너머로 발견되는 고양이들을 세어 보면 대략 열 마리는 넘는다. 친구와 둘이 노는 고양이, 엄마 곁에 노는 두 마리 아기 고양이, 혼자 담벼락에서 자는 고양이, 지붕 위에 앉아 쉬는 고양이, 의자 위에 앉아 다리 쭉 뻗고 자는 고양이, 어슬렁거리며 도로를 횡단하는 고양이, 화분 옆에서 식물인 양 숨어있는 고양이 등등.

러시아의 식물육종학자인 바빌로프(Vavilov)의 '유전자 중심설'에 의하면, 기원중심지에서 유전적 변이가 가장 많이 발견된다고 한다. 고양이들의 색깔, 무늬가 참으로 다양한 걸 보면 이 동네가 꼭 고양이 최초 종의 발생지가 아닐까 싶다. 하나같이 너무 귀엽고 개성 넘쳐서 집에 데려와 키우고 싶을 정도다. 한국에서 귀한 품종인 표범무늬 뱅갈 고양이와 비슷한 고양이도 이 동네 담벼락에서 자주 보인다. 그런데, 정말 고양이는 참 흔하게 보이는데 강아지는 왜 없는 걸까!?

1.5 나무들, 꽃들

원예학을 전공한 덕분에 새로운 장소에 가면 늘 새로운 식물이 눈에 가장 먼저 담긴다. 그리고 그 식물들이 나를 반기는 기분이 든다. 자카르타는 열대 식물로 가득한 도시이다. 넓고 푸른 잎사귀들과 화려한 원색의 꽃들이 도시 곳곳을 화려하게 장식하고 있다.

#Kamboja(=Leelawadee) 내가 인도네시아에서 가장 좋아했던 꽃나무. 수형과 잎도 이국적이지만 꽃도 아름다워서 머리핀과 머리띠 장식으로도 많이 쓰인다. 인도네시아어로 '캄보쟈'라 불리는 나무. 향기도 은은하니 좋다.

#Jackfruit tree 아침에 출근하면서 발견한 초록 잎사귀 틈 속에 매달려 있는 세계에서 가장 커다란 과일인 잭프룻. 서울에서는 본 적 없는 잭프룻 열매를 출근길에 볼 때면 마치 닌텐도 심즈에서 무인도 속 주인공이 새 아이템을 발견한 기분이 든다. 인도네시아에선 거대한 잭프룻 열매를 반찬으로 먹는다. 빠당 음식점에서 흔한 국민 반찬인 접시에 담겨 노란색 국물과 함께 삶겨 나오는 Nangka (낭까, 잭프룻)이기도 하다.

#Fiddle leaf fig tree 상추처럼 생긴 잎들이 나무에 다닥다닥 붙어 있는 것 같은 귀여운 나무. 만나는 인도네시아 현지분들에게 나무 이름이 뭔지 물었지만, 아는 이를 만나지 못하다가 겨우 이름을 알아냈다. 한국어로 떡갈고무나무 (학명: Ficus lyrata).

#Bintaro tree 초록 귤같은 동그란 열매들이 주렁주렁 매달려 있는 나무. 먹음직스러움에도 불구하고 벌레나 새가 먹지 않아 예쁜 모양 그대로인데 이유를 알고 보니 열매에 독이 있다고 한다. 초록 열매가 대부분인데 가끔 빨갛게 익은 것도 보인다.

1.6 기사

자카르타에 살면서 걸어 다닐 일이 거의 없었다. 회사에서 고용해 준 운전수가 있기도 했지만 무엇보다 보행로가 위험했기 때문이다. 결국 쇼핑몰 안에서 걸어 다닐 때 빼고는 거의 걷는 일이 없었다. 걷는 기쁨을 마음껏 누릴 수 있는 한국이 그리웠다.

교통체증이 심한 자카르타에서는 본인과 잘 맞는 개인 운전수를 만나는 것이 복이다. 간혹 행방에 관한 이상한 소문을 퍼트리거나 지갑에서 돈을 훔쳐가는 기사, 빌려간 돈을 안 갚는 기사도 있다. 기사 월급은 주위 시세에 맞추고 식사 시간대에 차를 이용 시 식사비와 주차비를 별도로 준다. 인도네시아에서 팁은 베풀수록 돌아오는 게 많다. 비단 운전기사뿐만 아니라 식당이나 마사지숍에서도 직원에게 팁을 미리 주면 더더욱 친절한서비스를 받을 수 있다 (확연히 다르다!). 성실하고 믿음직한 기사를 만나면 삶의 질이 높아진다. 전화만 하면 로비로 곧장 차를 대기하고 장 본 무거운 짐을 집 앞까지 친절하게 옮겨준다.

기사와 친해지면 개인 이야기도 많이 들을 수 있는데 "참치 뱃살이 참 맛있어요" 라며 선원으로 일하던 시절 이야기가 인상 깊었다. 어릴 적 홀어머니가 두바이에 식모로 일하러 가고 남동생과 둘이 살던 중 사기꾼 브로커를 만나 참치잡이 배에서 일하며 월급도 거의 못 받았다는 이야기. 참 성실하고 늘 웃는 기사였기에 그런 사연이 있다고 하니 내방을 청소해주는 식모의 사연도 떠오르고, 사무실에서 일하는 사무직 직원들의 기구한 사연도 그렇고, 왜 이렇게 세상에는 힘든 인생이 많은가 마음이 찡해졌다. 다행히, 기사는 현재가 인생에서 가장 행복한 시기라고 말하며 매일 환하게 웃으며 안전하게 운전을 해 준다. 덕분에 편하게 출퇴근 길을 오갈 수 있어서 고마운 마음이 든다.

1.7 식모

인도네시아의 아파트 설계 도면을 보면 식모를 위한 방과 화장실 출입문이 주방 근처에 따로 지어져 있을 정도로 식모 고용이 일반적이다. 형편이 좋은데도 식모를 고용하지 않으면 뒤에서 흉을 본다는 말도 있는데 부자들은 고용창출의 개념으로 식모를 한 명 이상 고용해야 한다는 암암리의 룰이 있는 것 같았다. 내가 사는 아파트에도 회사에서 고용한 식모가 청소, 빨래, 다림질, 요리를 해준다. 때문에 퇴근 후 회사가 제공한 아파트에 돌아오면 어릴 적 읽었던 동화책 속의 우렁 각시가 다녀간 듯하다. 고맙지만 누군지 한 번도 본 적 없는 존재. 빨래 통에 담아뒀던 빨래가 옷장 속에 다림질 된 옷으로 걸려져 있다. 쓰레기통도 깨끗이 비워져 있고 바닥은 반질반질 걸레질 돼 있고 침대 위 이불도 깔끔히 정돈돼 있다.

한날은 내 방을 청소해주는 식모를 마주칠 일이 있었는데 고등학생 정도로 보였다. 이런 저런 이야기를 하는데 자연스레 스스럼 없이 어려운 가정사를 다 말해준다. 어쩌면 우리나라보다 더 개방적인 느낌이다. 대부분의 인도네시아인들은 숨김 없이 본인의 가정사를 이야기 한다. 어릴 때 아버지가 집을 나가고 몸이 아프신 엄마와 어린 동생들을 위해 도시로 나와 식모로 일하며 월급은 고향에 송금한다고 했다. 만나 왔던 식모들 대부분의 사연이 비슷한데 가난한 고향집을 떠나와 부모님께 돈을 부친다. 하지만, 함께 생활하면서 겪는 단점도 있는 것 같다. 침대를 청소용 빗자루로 털거나, 걸레로 식탁을 닦거나, 냉동된 국을 플라스틱 봉지 채 데우거나, 음식이나 화장품을 몰래 가져가거나, 집을 비운 기간 동안 안방 욕조와 침대를 사용했다는 이야기 등도 전해 들리기 때문이다. 다행히도 내 방을 매일 청소해주고 불편 사항을 고쳐주었던 식모들은 심성이 착하고 효심이 깊었던 것 같다. 덕분에 집안일 걱정 없이 편하게 근무할 수 있었다. 인도네시아에서는 식모를 잘 만나는 것이 일상 생활의 행복을 유지시켜 줄 수 있는 복이다.

1.8 유모

식당에서 밥을 먹다 보면 가족이 즐겁게 식사를 하는 모습과 함께 그 테이블 한쪽 끝에서 유모가 아기를 달래며 돌보고 있는 광경을 쉽게 볼 수 있다. 주로 분홍색, 하늘색, 하얀색의 유니폼을 입고 있는 유모는 가족 외식 때는 따로 싸온 도시락을 먹으며 칭얼대는 아기를 돌봐준다. 조금 자란 아기들이 화장실을 갈 때도 엄마가 아닌 유모가 데려가고 볼일이 끝나면 아기의 엉덩이를 세면대에서 깨끗이 씻겨준 뒤에 하얀 아기용 파우더도 발라줌으로써 전문성을 갖춘 모습을 보인다. 하지만 유모가 아기 간식을 몰래 뺏어 먹거나 방치하는 일도 있기에 집안에 스마트 홈 카메라를 설치하는 추세이다. 유모는 집에서 함께 거주하지만 식모가 하는 집안일을 전혀 하지 않고 아이만 돌보며 직업에 프라이드를 가지고 있다. 그리고 주로 한 아이 당 유모 한명이 고용된다. 한번은 백화점 지하 과일가게에서 남자 아이 세 명이 각자 뛰어 다니고 그 뒤를 유모 세 명이 각각 허둥지둥 따라다니는 모습도 목격한 적이 있다. 정작 세 남자아이의 엄마는 아이가 뛰어놀아도 전혀 신경 쓰지 않고 세련된 원피스를 입고 매우 우아하게 과일을 고르고 있어서 그 대비되는 광경이 인상 깊게 남아있다.

어느 날 직장 상사 분이 본인 아들과 유모의 눈물겨운 이별에 대해 이야기를 한 적이 있다. 아기 때부터 유모 품에 안겨 자란 아들은 꼬마로 성장했고 어느새 다가온 작별의 순간이 오자 헤어지기 싫다며 차마 눈을 뜨고 볼 수 없을 정도로 슬프게 울었다고 한다. 그리고 나중에 대학교에 입학하는 아들에게 그때 그 유모 기억 나냐고 물었더니 돌아온 대답.

"그게 누군데?"

결국 눈물의 이별 후엔 기억도 안나는 유년의 온기일까.

1.9 세상 깨끗한 화장실

인도네시아 화장실은 상당히 깨끗하다. 이색 일자리인 화장실 전담 직원이 있기 때문이다. 인구 2억 7천으로 중국, 인도, 미국 다음으로 전세계 인구수 4위를 차지하기에 고용창출 차원으로 각 화장실 마다 손님 안내 및 청소를 담당하는 직원이 있다. 그분들에게는 화장실이 하루 종일의 일터가 된다. 직원 대부분 밝은 웃음을 띄우고 있으며 상당히 친절하다. 가끔 자카르타로 여행 온 분들은 볼일을 마치고 나오자마자 곧바로 들어가 청소 하시는 직원들의 모습에 부끄러운지 민망해하기도 한다.

자카르타 최고급 백화점 중 하나인 '플라자인도네시아'内 손님

전용 화장실의 벽과 바닥은 대리석이며 거울 앞에 호접란 생화가 있고 변기에는 최신식 자동 비데까지 갖춰져 있다. 화장실이 더러운 나라를 여행할 때마다 더더욱 고맙게 느껴지는 인도네시아의 깨끗한 화장실. 그리고 화장실을 깨끗하게 책임지는 담당 직원들.

참고로 또 다른 인도네시아 화장실의 독특한 점은 손으로 눌러쓰는 밸브형 수동 비데이다. 변기 옆에 호스가 있고 손잡이에 달린 밸브를 누르면 물줄기가 나온다. 인도네시아 공용 화장실에는 화장지

보다 수동 비데가 더 많이 있고 현지인들은 화장지 사용 보다는 이 밸브를 더 많이 사용하는 것 같다. 인도네시아에 도착한 첫날 같이 회사 숙소에 배정된 지인은 호기심에 밸브를 눌러봤다가 얼굴과 옷에 세찬 물 세례를 받고는 '으악' 소리를 지르기도 했다. 익숙해지기까지는 시간이 좀 걸리지만 나중에 적응되면 한국에 와서도 휴지보다 비데를 더 찾게 되는 것 같다.

1.10 매연, 수질, 교통체증

#매연

자카르타를 떠나 한국에 와서 좋은 점은 창문 열고 환기시켜도 검은 먼지가 쌓이지 않는 점, 생수 없이 수돗물로 바로 양치할 수 있는 점 그리고 차와 오토바이 소리 없이 밤에 조용히 잘 수 있다는 점이다. 예전에 어떤 분이 인도네시아에 살면서 제일 불편한 점이 뭐냐고 물어본 적이 있다. 평소에 생각했던 것들이라 즉각적으로 머릿속에 떠오른 세 가지가 매연, 수질, 교통체증 이었고 대부분 거의 비슷한 의견을 가지고 계셨다. 차 안에서 창문을 조금만 열어도 곧장 매캐한 매연이 차안으로 들어와 콜록콜록 기침이 날 정도. 방 안은 식모가 매일 청소해도 검은색 먼지가 쌓이고 자카르타에서 도로 가를 걸을 때는 매연 먼지가 맨 살에 닿지 않도록 긴 팔 남방과 긴 바지 복장에 마스크도 있으면 좋다. 귀가해 옷을 갈아입으려고 하면 옷에서 매연 냄새가 훅 끼치고 방에 둔 공기청정기의 미세먼지 필터가 새까매질 정도이니 말이다. 따라서 창문은 비 오는 날에만 잠깐씩 열곤 했다. 그리운 맑은 공기.

#수질

한국의 맑은 물, 깨끗한 물의 소중함이 깨달아 진다. 아무것도 모르던 인도네시아 초창기 시절 피부가 나날이 안 좋아져 고민했더니 수질 때문이라고. 그 후, 설치한 정수기 하얀색 필터가 일주일 정도 만에 검은색으로 변하는 걸 보고 충격을 받았다. 그 뿐만 아니라 물에 석회질이 섞여있어서 욕실에 군데군데 하얀색 얼룩

이 생기고 설거지 후에도 생수로 헹구지 않으면 수저나 그릇의 물기가 마르면서 하얀 얼룩이 진다. 세면기 뒷면은 부식이 생겨 시멘트나 페인트칠 덩어리들이 뚝뚝 타일 바닥에 떨어지기도 한다. 수돗물이 치아를 부식 시키기 때문에 생수를 박스 단위로 사두고 꼭 생수로 양치 해야한다. 이런 수질 사정을 오자마자 미리 알았으면 좋았을 뻔 했다. 자카르타에는 삼중 필터 설치 및 교체해 주는 정수기 업체도 있고 개인적으로 따로 쇼핑몰에서 샤워기 헤드만 구입하여 필요시 마다 교체할 수도 있다. 건강을 위해선 필수. 1년만에 한국으로 휴가 와서 커피포트를 생수로 헹구다가 '아차' 했다. 한국은 그냥 수돗물로 헹궈도 되는데 아까운 생수를 버리다니. 한국에 휴가 올 때마다 수돗물을 양치할 때 마구마구 쓸 수 있다는 점, 그릇을 헹굴 때 따로 생수로 헹궈줄 필요가 없다는 점이 새삼 참 감사한 일임을 깨닫는다.

#교통체증

자카르타의 교통체증은 매우 심각하여 걷는게 더 빠른 경우가 많다. 가끔 차가 주차장에 멈춰 있는 건 아닌지 확인해 볼 정도. 게다가 도로 양 옆으로 큰 빌딩들이 줄지어 지어진 탓에 도로 확장이 어렵고 자주 일어나는 지진과 우기 때 홍수 탓에 지하철을 만들기도 위험하다. 때문에 한정된 도로 위를 경쟁하듯 오토바이와 자동차가 한데 뒤엉켜 달린다. 가끔 리어카와 마차를 모는 말도 볼 수 있다.

몇 가지 특이점을 정리해 보면,

· 도로 폭이 좁고 고가 도로와 일방통행이 많음
· 중앙선이 없는 곳이 많음
· 고속도로가 시내 중심지 도로 중앙에 나란히 붙어 있음
· 도로 한가운데에 버스 전용도로 정류소가 있음
· 도로 표지판을 찾기 어려운 탓에 길을 헤매기 일쑤
· 앱을 이용한 음식 배달 서비스가 매우 유용

인도네시아에서는 '동물적 감각'으로 운전해야 한다는 소리가 있다. 그만큼 운전하기 어렵다는 의미. 자동차 앞, 뒤, 옆쪽에서 갑자기 튀어나오는 오토바이로 인해 벌어지는 단순한 접촉 사고는 일상 다반사이다. 현지 사람들 대부분은 이미 이런 상황에 익숙한지 다치지만 않았다면 그냥 일어나 먼지를 툭툭 털고 오토바이를 일으켜 세우고는 아무일 없던 것처럼 쿨 하게 가던 길 간다.

제 2 화   자 카 르 타   근 무

2.1 자카르타에서 출근하기

출근하기 전 방을 한번 정리하며 오늘 무사히 돌아올 수 있길 기도하고 퇴근 후 익숙한 이불 위에서 잠을 잘 수 있음에 또 한번 감사한다. 평범한 삶의 소중함을 매일 새롭게 깨닫는다. 아침에 일어나 주문 배달 받은 생수로 양치를 한다. 수돗물은 수질이 좋지 않고 석회가 있어서 치아가 삭기 때문이다. 식모가 다려서 옷장에 넣어둔 옷을 입고 아파트 입구에 나오면 기사가 차를 대기하고 있다. 한국에서는 겪어보지 못한 극진한 대접을 받는 기분이다. 대기중인 차를 타면 곧장 회사 로비까지 운전해 준다.

'어디에서? 이런 호사를 누려볼까?'

기사가 에어컨을 미리 켜놓고 대기하고 있는 차량에 탑승하며 드는 생각이다. 출근길에 차창 밖으로 보이는 자카르타 풍경들은 이색적이다. 강아지를 단체로 운송하는 트럭, 닭을 가득 쌓아 옮기는 트럭, 다양한 색상과 무늬의 고양이들, 커다란 잭프룻 열매가 매달린 큰 나무, 길을 가득 메우고 있는 오토바이, 초록 열대 식물들의 물결, 리어카에서 파는 아침 식사용 죽, 카사바 잎을 파는 리어카, 공장 빵을 파는 작은 리어카, 제철 과일을 파는 길거리 노점상. 매일매일의 풍경이 새롭다. 마치 즐겨보던 프로그램 '걸어서 세계 속으로' 현장 속에 있는 기분이다.

로비에 도착하면 친절한 회사 경비원들이 차문을 열어준다. 진정한 Door-to-Door 서비스다. 그리고 사무실에 들어가면 사환 또는 오피스보이라고 불리는 경력 20년의 베테랑 직원이 방금 탄 따뜻한 커피와 차 그리고 물을 한잔 내 책상에 갖다 준다. 오피스보이는 커피, 서류 복사, 스캔, 우편, 정수기 갈기, 사무실 청소 등의 각종 일들을 처리해 주신다.

그리고 바퀴벌레. 사무실 의자에 앉아 손목을 타고 기어올라오는 바퀴벌레를 툭 쳐서 떨어뜨리며 컴퓨터 타자기를 두들긴다. 왕성한 번식력으로 한동안 바퀴벌레들이 팔이며 다리며 계속 타고 올라와 파리 쫓듯이 툭툭 쳐 내며 근무하기도 했다. 물론 바퀴벌레들은 민원에 힘입어 박멸 절차를 통해 사라져 버렸다. 너무 다른 생활 문화, 한국에서 경험하기 드문 일들이 여기선 일상이 된다.

같은 공간에서 같은 시간을 보냈다 하더라도 무엇에 대해 말할 것인가에 따라 글의 분위기는 달라진다.

2.2 직원 면접

직원의 신규채용을 위해 이력서를 들여다보면 대학 졸업 예정자부터 경력 지원자까지 다양하다. 실제로 이력서만 보면 뽑고 싶을 정도로 마음에 들었던 지원자도 면접 하면서 생각이 바뀐 경우도 있고, 기대 안했음에도 준비성과 진실한 모습에 직원으로 채용하게 되는 경우도 있다. 한국이란 나라에 환상에 젖어 눈을 빛내는 지원자들도 있다.

"여기까지 오는데 얼마나 걸렸어요?"

"세시간 걸렸어요"

오는 데만 세시간. 자카르타의 교통체증이 심한 걸 알기에 미안한 마음이 든다. 그래서 휴가 때 한국에서 자비로 사온 무설탕 사탕 한 봉지를 선물한다. 인도네시아인들은 단 것을 좋아하는 반면에 치아가 안좋거나 당뇨병이 있으신 분들이 많기 때문이다.

"한국에서 가져온 무설탕 사탕 이에요. 설탕 없으니 안심해도 돼요."

환하게 웃는 지원자를 배웅하며 나중에 집에 돌아가서 가족들과 한국 사탕을 나눠 먹으며 행복하길 소망해 본다.

특이점은 이름이 매우 긴 지원자들이 많다. 하지만 그 이름의 당사자조차 뜻을 모르는 경우가 허다하다. 회사 여직원 중 한 명의 이름은 'Putri …(생략)……' 이다. Putri는 인도네시아에서 흔하게 쓰이는 여자 이름으로 우리나라 말로 '공주'라는 뜻인데 그 뒤에 다른 단어들은 사전을 찾아봐도 없다. 하루는 궁금한 마음에 무슨 뜻인지 물어 본적이 있다.

"이름의 긴 뜻을 알려줄 수 있어요?"

"음.. 사실 저도 다 알진 못해요"

한 단어씩 뜻을 이야기 하다가 갑자기 멈추더니 수줍게 웃으며 사실 본인도 부모님이 지어 주신 거라 뜻을 모른다고 한다.

그럼 더 나아가 또 다른 궁금증이 생긴다. 성이 무엇일까 하는.

"그럼 여권에 성을 선택할 땐 어떻게 해요?"

"그냥 마음에 드는 걸로 선택해요" 하며 수줍게 웃는다.

2.3 호칭

영화 속 이미지 때문인지 'Boss' 라는 호칭에는 암흑가 두목과 부하직원이 연상된다. 인도네시아에 처음 왔을 땐 현지 직원들이 용무늬가 그려진 전통 의상 *바틱을 입은 상사들에게 말 끝마다 'Boss'라고 부르는 걸 보고 군대 같은 느낌도 조금 있었는데 이것도 적응되니 하나의 호칭 문화로써 언어적 수단일 뿐이었다.

"Selamat Pagi (슬라맛빠기, 아침인사) Boss !"

'보스'란 단어가 참 많이 사용되는 나라란 생각이 든다. 업무용으로 상대편과 전화할 때도 보스~ 또는 미스터 김, 이, 박 등의 Family name으로 부른다. 외국인에게는 '미스터' 또는 '미스' 라고 부르는 게 교양 있는 호칭이다. 나를 불러주는 사무실 직원들의 호칭은 미스+Family name 인 '미스박'.

처음 들을 땐 참 어색했는데 나중에는 꽤 익숙해 졌던 호칭이다.

*바틱: 백화점마다 바틱 의류점이 있다(Batik Keris 브랜드 등). 인도네시아인들은 Batik 옷을 회사에서 격식을 갖춘 정장으로도 집에서 편하게 입는 원피스로도 잘 입고 다닌다. 퇴사 당시 직원들이 돈을 모아 사준 기념 선물도 바틱 원피스였다.

2.4 오피스보이의 꿈

인도네시아에 자리잡은 대부분의 회사에는 각 사무실 마다 오피스보이 또는 사환이라고 불리는 분들이 고용돼 있다. 하는 업무는 사무실 청소, 복사, 스캔, 우편 정리, 무거운 짐 운반, 정수기 갈기, 커피 만들기, 사무실 뒷정리 및 기타 심부름 등등이다. 사환은 모두 남자로, 내가 신입으로 일하던 당시 우리 사무실에 근무하는 분은 나이 마흔 중반의 20년 가까운 경력을 가진 분이셨다.

하루는 사무실에 혼자 남아 야근을 하고 있을 때였다. 오피스보이는 사무실에 한명이라도 야근을 하고 있으면 대부분 청소를 하며 기다렸다가 마지막에 뒷정리 후 문을 잠그고 퇴근을 한다. 야근하고 있는데 청소를 하던 오피스보이가 진지한 표정으로 조심스레 다가와서 묻는다.

"혹시.. 제가 사무직이 될 수 있을까요?"

말하면서 주머니에서 오래된 꼬깃꼬깃한 종이 한 장을 꺼내 보여준다. 그 종이에는 한국어로 이 사환을 사무직으로 추천한다는 내용이 적혀있었다. 평소 컴퓨터 사무 능력이나 기타 업무 능력이 다른 사무직들 못지 않게 뛰어나다는 평가가 있었던 직원이긴 했다.

"언제부터 간직했던 거예요?"

"여기서 일 시작하고 얼마 안 됐을 때 받은 거예요."

긴 시간 동안 저 종이 한 장을 계속 간직하고 있었다는 사실에 어떻게든 도와주고 싶은 마음이 생겼다. 사실 오피스보이가 능력이 있다는 전제하에 회사에서 사무직으로 전환시켜주는 일도 간혹 있긴 했다. 하지만, 다음날 전체 회의에서 조심스레 제시했던 나의 의견은 받아들여지기 쉽지 않았다. 이유는 대학교를 나오지 않았다는 점, 다른 오피스보이들이 본인도 전환시켜 달라고 할 수도 있다는 점, 업무만 배우고 다른 회사로 이직할 수도 있다는 점 등등. 안될 이유가 될 이유보다 훨씬 더 많았다. 하지만 이 사환의 컴퓨터 활용 및 사무 능력은 공통으로 인정하는 바였고 오래전 사무직 전환 추천까지 받았었다는 점을 바탕으로 정규 사무직으로 전환할 수 있다는 동의를 얻어낼 수 있었다. 단, 모든 절차는 의견을 제시한 내가 도맡아 하는 조건으로. 이후 업무 시간 외 야근을 하며 오피스보이를 정규 사무직원으로 바꾸는 절차를 진행했다. 소속 변경, 업무 배정, 근속년수를 인정한 회사 내규에 따른 연봉 선정, 각종 복지제도 변화 등등을 유관 부서의 도움을 받아 고민하고 품의서를 작성하였다. 마침내 최종 승인이 났고 나는 진심으로 기뻐서 박수까지 치며 좋아했다. 아이 네 명의 아빠이기도 했던 사환과 기뻐할 가족의 모습을 떠올렸기 때문이다. 오피스보이는 내게 고맙다는 문자를 끝으로 연락하지 않았다. 간간히 들리는 소식으로는 아직도 사무직으로써 새로운 삶을 살고 있다고 한다.

내가 진심으로 잘되길 바라는 사람은 부모님 밖에 없다는 말을 어디선가 들은 적이 있다. 가족이 아닌 타인이 진심으로 잘되길 바라는 마음에 내 시간과 노력을 써가며 도와주려 하는 마음은 사회생활을 하며 빛 바래기 쉬운 것 같다. 그래서 점점 타인에게 무심해지는 사회가 만들어지는 걸까 하는 생각도 들었다. 하지만 내가 받았던 도움의 손길들을 떠올리며 다시 마음을 다잡으려 한다.

20160323수 일기

퇴근하는 길에 차창 밖을 보는데 트럭 위에 쌓인 플라스틱 받침대 같은 통이 보였다. 자세히 보니 작은 닭들이 있는데 멀미를 하는지 지쳐서 축 처져 누워 있거나 대부분 힘이 빠져 있고 눈이 감겨 있는게 너무 불쌍하고 안쓰러웠다. 차에 실려가는 치킨.. 작고 귀엽고 여리고 보드랍고 따뜻한 생명체가 있는데 그게 치킨이 돼 맛있는 음식이 된다고 생각하니 뭔가 기분이.. 그 순간만큼은 채식주의자가 되고 싶었다. 불쌍했다. 회사 생활 잘 한다는 건 자기 본 천성을 드러내지 않고 그냥 일 잘하고 예의 바르고 적당히 거리를 두고 지내는게 맞는 걸까.. 거리 두기.. 그리고 피해 안 가게 하기.. 사람들은 자기에게 피해만 안주면 주위 사람에게 그다지 신경이나 관심을 주며 에너지 낭비하고 싶어하지 않는다.

2.5 그럴 수도 있지

인도네시아 사람들이 큰소리를 내거나 화를 내는 경우를 거의 본 적이 없다. 모여서 수다를 떠는 모습도 새들이 지저귀는 것처럼 조용조용 하다. 그래서인지 현지에서는 목소리가 크거나 화를 내는 사람들을 이상하게 생각하는 경향이 있다. 따라서, 부하직원들이 실수할 때마다 업무적으로 잘못된 점만 사무적으로 언급하려고 노력했다. 오랜만에 본 친구들이 내 표정에서 보살 미소가 보인다면서 막 웃어댄다. 몇 가지 기억나는 사례들을 적어 본다.

#1. 언제부턴가 자꾸 지각하는 직원이 있었다. 이유도 매번 다양하다. 단골 멘트는 교통과 날씨. 아프면 그냥 결근이다.
"오늘 왜 늦었어요?"
"비가 와서 늦었어요"
심지어 비가 안 오는 날에 비가 와서 늦는다고 거짓말을 하기도 한다. 몇 번이나 지각하지 말라고 경고했음에도 불구하고 그날도 또 지각을 하길래 따로 불렀다.
"지금이 도대체 몇 시 에요?"
"지금요? 음.. 지금 10시요"
규정된 출근 시간은 8시인데 고개를 돌려 시계를 확인 하더니 너무나 태연하게 대답하는 직원. 오히려 왜 시간을 나한테 묻는 거지? 하는 순진한 눈빛을 보인다.

#2. 한번은 수출 선박 출항 후 반드시 보고를 하라고 신신당부하며 외근 보냈던 직원이 처음에는 핸드폰으로 연락 잘하더니 갑자기 연락이 끊겼다. 전화도 안되고 핸드폰은 꺼져 있고 감감 무소식이다. 결국 다른 직원과 함께 긴박하게 일을 처리하였는데. 다음날 연락 온 직원의 문자.
"어제는 피곤하고 졸려서 잠들었어요. 죄송해요"
답답했지만, 다 잘 해결 했으니 이제 와서 무슨 소용일까.

#3. 대형 쓰레기통을 몇 일째 청소하지 않는 담당 직원에게 쓰레기통이 가득 찼다는 말을 하니
"방금 비운 건데 금방 찼네요. 다시 비우고 올게요"

#4. 업무 차 오전에 외근 보낸 직원이 오후가 다 되도록 안 와서 무슨 일이 생긴 건 아닐까 걱정스런 마음에 전화 했더니
"미안해요. 근처에 맛있는 냄새에 이끌려 갑자기 허기가 져서 밥을 먹는 중이에요. 배고파서 어쩔 수 없었어요. 제가 장이 약해서 밥을 잘 먹어야 하거든요. 밥 먹고 금방 갈 거에요" 라고 말하는 직원.

#5. 시킨 일을 하지 않고 세 시간 동안 자리를 비우고 유유히 돌아오는 직원에게
"어디 다녀왔어요?"
"기도하러 다녀왔어요"
"세 시간 동안이나요?"
"세 시간 아니고 두 시간 삼십 분 이었는데요"
세 시간 아니라고 억울 하다며 갑자기 눈물을 그렁그렁하더니 울컥하며 대답한다.

문화적 차이 또는 언어의 차이일까 하는 생각에 이해해 보려고 노력 해본다. 들리는 다른 회사 직원들 에피소드에 비하면 우리 회사 직원은 성실하고 착한 편이었다. 한 손가락으로 다른 사람을 지적하는 손 모양을 해보면, 다른 네 손가락은 나를 향한다는 어릴 적 읽은 글이 기억난다. 완벽한 사람이 어디 있을까 싶다. '그럴 수도 있지' 어릴 적 책꽂이에 있던 책들 중 아직도 기억에 남아있는 제목이다. 어떤 일이든 상대방 입장에서 생각해보면 당연한 일이 될 수 있다. 그러니까 그럴 수도 있지(하지만 반복되면 안된다.). 그래도 내가 퇴사할 때 편지와 선물들을 전달하며 눈물을 펑펑 흘리던 우리 직원들에게 언제나 고마운 마음이 훨씬 더 크다.

20180121일 일기
　화가 나거나 황당할 땐 사람에 대한 영원한 증오도 영원한 마음
도 없다는 걸 기억하며 웃고 넘기는 게 좋은 것 같다.

2.6 직원의 결혼식

사무실 남자 직원 한명이 청첩장을 건내 준다. 마흔 초반의 이 직원은 홀어머니를 모시고 단둘이 살았는데 어머니 소원이 아들 장가 가는 거라고 말하곤 했다. 축하해주며 봉투에 넣어 축의금을 건네고 (인도네시아도 우리나라처럼 축의금 문화가 있다) 자비로 점심을 사주기로 했다. 다른 직원 여럿과 함께 한식당에 모였고 당연히 화제는 신부가 될 여자분에 대한 이야기였다.

"신부를 어디서 만났어요?"

"채팅 앱으로 만났어요."

"얼마나 만났어요?"

"3개월 정도 만났어요. 이렇게 짧게 연애하고 바로 결혼하면 매일이 연애하는 기분이라 더 좋을 것 같아요."

활짝 웃으며 직원은 신이 나 있다. 인도네시아 젊은이들은 채팅 앱으로 만난 이성과 결혼을 꽤 하는 것 같다. 축하해 주러 간 결혼식 날. 결혼식장 입구에는 뷔페식으로 음식들이 차려져 있고 화려한 전통 예복을 입은 신랑 신부가 단상에 올라가 있다. 결혼식의 마지막 순서는 신랑 신부에게 하객들이 다가가 줄을 서서 한 명씩 악수를 하는 것이다. 결혼식을 마치고 집으로 돌아가는 중 골목 입구에 노란색의 긴 장대 같은 장식물을 보인다.

"이건 뭐에요?"

"결혼식 행사가 있는 골목에 걸어 놓는 'Janur Kuning' 이에요."

운전기사가 설명해 준다. Janur Kuning은 노란 빛깔의 코코넛 잎을 길게 엮어 놓은 것이다. 이름을 알고 나니 갑자기 골목 초입 마다 매달려 있는 Janur Kuning들이 눈에 들어온다.

김춘수의 '꽃'과 도종환의 '배롱나무' 시의 내용이 정말 맞는 것 같다. 그 후로는 골목 골목 장식된 Janur kuning을 보면 속으로 조용히 모르는 신랑 신부의 행복을 위해 기도해 준다.

　참고로 인도네시아 남자들은 합법적으로 부인을 네 명까지 둘 수 있다. 다만 부자나 가능한 일. 실제로 인도네시아 남자들은 부인 한 명으로 족하다고 웃으며 대답한다. 다만 돈이 많을 경우에는 두 명까지는 괜찮을 것 같다고 또 웃으며 덧붙인다.

2.7 직원의 이사

어느 날 사무실 여직원 한명이 근심이 가득 찬 얼굴을 하고 있길래 물었다.

"무슨 걱정 있어요?"

그러자 직원이 갑자기 눈물을 뚝뚝 흘리는게 아닌가. 가뜩이나 큰 눈에서 구슬 같은 눈물 방울들이 떨어져 내리는 걸 보고 놀란 마음에 티슈를 건네며 물어보았다.

"무슨 일 있어요?"

"지금 지내는 공용 숙소 사람들이 자꾸 괴롭혀서 이사하려고요"

사정을 들어보니 공용 숙소 사람들 중 이 직원만 대졸에 회사를 다니니 질투하며 괴롭힌다고 한다.

"그럼 이사는 언제 하려고요?"

"내일이요. 그런데 아직 집을 못 구했어요."

"왜 못 구했어요?"

"보증금 줄 돈이 없어서요."

안타까운 마음에 일단 보증금으로 필요한 금액인 십 만원 가량의 개인 돈을 빌려주었다. 그리고 마침 같은 사무실의 직원이 회사 옆 여자 전용 쉐어하우스에서 거주하고 있다고 했던 말이 생각나 집을 함께 보러 가라고 소개도 해줬다.

다음날, 다행히 회사 옆 숙소로 이사를 결정했다는 직원은 밝아진 얼굴로 고맙다고 인사를 한다. 마침 토요일이라 시간적 여유가 있기에 오전 근무를 마친 후 함께 가서 집을 둘러보았다. 인도네시아어로 Kost라 불리는 이 쉐어하우스의 크기는 대학시절 내가 처음 서울로 상경해 살던 고시원과 비교하면 훨씬 넓었고 햇빛도 잘 들어왔다.

조건은 다음과 같다.

· 방 안에 침대, 책상, 옷장, 미니 냉장고, 선풍기 구비
· 각종 수도세, 전기세 등의 관리비 무료
· 빨래와 건조, 방문 앞 배달 서비스
· 공용 부엌
· 복도 쪽 방은 인터넷이 잘 안되므로 월 70만 루피아
· 햇빛 드는 정원 쪽 방은 월 100만 루피아
· 에어컨과 개인 화장실 딸린 방은 월 150만 루피아

직사각형 형태의 2층 건물의 가운데에는 화단이 조성돼 있고 천장이 막혀 있지 않아 하늘을 볼 수 있다. 채광도 좋고 통풍도 잘되는 구조로 생각보다 괜찮다는 생각이 들었다. 우리나라의 침대 하나 책상 하나 사람 한 명 간신히 누울 수 있는 좁은 고시원에 비교하면 상당히 쾌적한 편이다. 그리고 몇일 뒤 직원이 빳빳한 은행 새 돈으로 빌린 돈을 갚는다. 마침 새로 이사한 생활에 만족하는지 걱정 되던 터라 확인 차 물었다.

"이사한 새집은 지내기 괜찮아요?"

"네. 바로 회사 옆이라 정말 편해졌어요."

직원은 좋다고 하면서 우물쭈물하더니 덧붙인다.

"그런데 수돗물에서 빨간색 얇은 실 모양의 유충이 나와서 샤워할 때 조심해야 해요"

문제는 수질이다. 정수 시설이 따로 설치된 아파트나 백화점이 아니면 간혹 이런 수질 문제가 있는 것 같다. 그리고 정수 시설이 있다고 해도 석회나 이물질 등으로 수질이 안 좋아서 필터를 달아야 하고 양치할 때는 꼭 생수로 해야하는 어려움이 있다. 회사 바로 옆에 있는 위치라 여러모로 살기 편해 보이지만 수질은 아무래도 받아들이기 어려운 문제 같다.

반전, 이 직원이 연휴를 맞이하여 고향에 다녀 온다고 하기에 현지 주거 문화가 궁금하여 괜찮으면 집 사진을 찍어와 줄 수 있냐고 물었다. 그런데 직원이 다녀와서 보여주는 사진 속에는 으리으리한 건물 사진만 여러 장. 동네 관공서 풍경을 찍은 걸까 했는데, 그 큰 집이 바로 이 직원의 집이었다. 비록 회사 월급은 적지만 고향에 큰 저택과 대농장이 있는 경우를 이후로도 꽤 많이 보았다.

2.8 감동을 준 직원

기억에 남는 직원들이 참 많지만, 나에게 깊은 감동은 준 직원 이야기를 하고싶다. 신입사원으로 자카르타에서 처음 근무했을 즈음 M 직원은 경력 이삼십 년 가량의 베테랑 직원이었다. 십대 시절 회사에 입사해서 지금까지 청춘을 다 바쳐 근무를 한 것도 인상적인데 어느 날 사무실에서 대화를 하며 느낀 점이 많아 꼭 언젠가 이 직원에 대한 이야기를 적겠다고 생각했다.

"M님 이렇게 오래 근무하신 이유가 뭐에요?"

"처음 회사에 입사했을 때 그때 우리 회사는 그냥 아주아주(매우 강조) 작은 회사였을 뿐이었어요. 막 파푸아 밀림을 개발하기 위해 계획하던 시기였죠"

"그럼 처음 개발하던 초창기부터 계셨던 거네요?"

"맞아요. 그때, 파푸아에도 처음 갔었죠. 그 당시 함께 갔던 상사가 암으로 한국으로 귀국하시면서 저에게 하나를 당부하셨어요. '나중에 이 원시림은 큰 도시가 될 것이고 우리 회사도 크게 성장할 거야. 그러니 절대 회사를 떠나지 않기로 약속해 다오' 라고요"

"그 말이 그분의 마지막 유언이었어요. 결국 돌아오지 못하셨어요" 사실, 더 좋은 조건의 이직 제의도 종종 있었지만 그 분과의 약속을 지키기 위해 여기에 남기로 했어요. 그리고 초창기에 정말 작았던 우리 회사가 이렇게 큰 기업으로 성장하는 과정을 지켜보았으니 그것만으로도 이미 전 충.분.해요."

한 회사의 성장은 단순히 능력과 운으로만 이뤄진 것이 아니라 드러나지 않은 수많은 젊음과 사명감들과 희생들이 모여 이뤄진 것이라는 깨달음. M 직원은 평범한 직원 한 명으로써 오늘도 열심히 근무중이다. 회사의 성장을 위해 10대 시절부터 온 청춘을 다 바쳐 일해준 그 마음이 참 고맙다.

2.9 퇴근 전

하늘이 흐려 별을 볼 수 있는 날이 드물지만 퇴근 시간 창 밖으로 지는 강렬한 붉은 적도의 노을만큼은 잠시 바라보는 것만으로도 위안이 돼 준다. 그마저도 바쁜 일상으로 인해 건너 뛰는 경우가 많지만 문득 바라본 하늘이 봉숭아 꽃물처럼 진해져 가는 모습일 때면 지친 하루의 감정들이 사르르 녹아 내린다. 그리고 하루 동안 겪었던 일들을 떠올리며 '그래 전 세계 인구가 75억 가량이니(2017년) 사고 방식도 그만큼 다양할 수 있지' 하며 받

아들이게 되고 겪었던 황당한 일들조차도 '그럴 수도 있지' 하는 류의 일로 여겨지게 되는 것 같다.

13층 사무실에서 바라보는 석양의 모습은 자카르타의 유명한 교통체증의 불빛마저 작고 귀여운 반딧불이의 행렬처럼 아름다워 보인다. 주차장을 방불케 하는 거북이 걸음의 이동차량 안에서도 내가 모르는 사람들이 각자의 하루들 마치고 귀가하고 있겠지. 저 사람들도 나처럼 노을을 보고있을까. 내가 그들을 보고 있는 것처럼 누군가는 건물 속의 나를 상상하고 있을까.

2.10 會者定離

'그냥 이렇게 평생을 사는 것도 좋겠구나.'

인도네시아 자카르타에서 근무하며 3년째부터는 가장 만족스러운 생활들이 이어졌다. 회사에서 제공되는 아파트, 차량, 기사, 식모, 식사 등의 근무 조건도 만족스러웠으며 든든한 부하직원들도 생겼다. 익숙한 자카르타 맛집은 꿰고 있을 뿐 아니라 주말이면 스파에서 마사지를 받았고 한국에서 일하는 친구들의 부러움을 받았다. 그런데, 인생에 꼭 하고싶었던 내 꿈. 그 꿈을 이루기 위해 이 편하고 안락한 삶을 떠나기로 결심했다. 목표했던 꿈을 위해 출근 전과 퇴근 후에 공부하고 주말에는 하루 종일 시험을 치르기도 했으니까.

퇴사를 결심하고 나자 그 소식을 알리는 방법이 고민이었다. 특히나 나를 믿고 따르는 내 직원들에게 이 소식을 전하기가 못내 미안했다. 하지만 기왕이면 다른 사람을 통해 전해 듣기보단 나에게 직접 듣는 게 낫겠지. 마음을 먹은 뒤에 각별한 여직원들을 조용히 따로 회의실로 불렀다. 내가 이력서를 검토하고 면접을 보고 업무를 가르친 직원들이다. 잠시 뜸을 들이다가 이제 회사를 그만 둔다고 말하자마자 직원들이 너무나 슬프게 눈물을 흘린다. 웃음이 많은 사람들이 눈물도 많다더니 정말이었다. 나 역시 정이 많이 든 직원들을 남겨두고 떠나는 마음이 무겁기만 했다. 매일 나의 출퇴근을 편하게 운전해준 운전기사 역시 놀란 눈을 한다.

"우리 아내가 임신했을 때 통닭과 케이크도 주고 안부도 물어봐 준 것이 고마웠어요. 영국으로 가서도 모두 성공하길 바래요"

이렇게 정이 많이 든 사람들과 어떻게 이별하나. 그나마 쉽게 이별할 수 있는 방법은 언젠가 다시 만날 수 있을 거라고 생각하며 평범한 하루의 안녕인 듯 생각해보는 연습인 것 같다. 지금 이 순간도 마음이 울컥할 만큼 따뜻한 기억들을 한껏 안고 떠날 수 있어서 다행이다.

제**3**화 놀라운 인도네시아

3.1 남녀 패션

처음에 인도네시아에 와서 놀랐던 것 중 하나는 화려하고 큰 왕반지를 끼고 길게 손톱을 기른 아저씨들의 패션이었다. 긴 손톱은 힘한 일을 하지 않는다는 의미로 소중히 간직한다고. 지금은 익숙해졌지만, 처음에는 그 모습이 여간 신기했던 게 아니었다. 반면 인도네시아에 사는 대부분의 무슬림 여성들의 의복은 온 몸을 가리고 있는 게 특징이다. 남자들은 종교에 상관없이 자유로운 복장인데 반해 여성들은 머리카락부터 발끝까지 얼굴과 손 빼고는 다 가리는 의복이다. 긴 팔, 긴치마, 긴 바지 그것도 몸매가 드러나지 않은 헐렁한 재질이 많다. 그리고 대부분 Hijab (히잡, 외출 시 착용하는 베일)으로 머리와 목선까지 다 감싸고 얼굴만 내놓고 다닌다. 히잡을 두르기 시작하는 시기는 본인이 일생 중 어느 때라도 스스로 정할 수 있지만 한번 시작하면 평생 써야 한다. 사무실 여직원들 중에 결혼한 후, 또는 아이를 가진 후 히잡을 두르고 오는 경우가 많다. 여직원들은 회사 여자 화장실에서 세수하고 화장을 고치면서 히잡을 벗고 머리를 새로 단장한다. 하루는 직원에게 머리를 푸니까 더 예뻐 보인다고 한적이 있는데 돌아온 대답이 참 인상적이었다.

"예쁜 모습이니까 남편 한 사람에게만 보여줘야 해요."

3.2 인도네시아 미녀란?

 인도네시아 미녀의 조건은 한국에 비해 매우 간단하다고 할 수 있다. 첫째도 둘째도 셋째도 모두 하얀 피부이기 때문이다. 정말 그럴까? 호기심이 발동해 잡지에 나온 유니폼을 입고 있는 단체 여직원 사진을 보여주며 같이 근무하는 직원들에게 인도네시아인이 보기에 최고 미인이 누구냐고 물어본 적이 있다. 그리고 확인 차원에서 이유를 물어보니 역시나 하얀 피부다. 또한 흰 피부와 더불어 긴 검은 생머리를 매우 선호한다. 한번은 허리까지 오던 긴 머리를 단발로 자르고 출근한 적이 있는데, 회사 여직원들이 마주칠 때마다 긴 머리가 예뻤다면서 아쉬워하는 반응을 보인다. 인도네시아에서는 흰 피부와 더불어 긴 생머리가 최고 미인의 조건이다. 따라서 피부가 하얀 한국인이 인도네시아에 가면 아마 미인 미남 소리를 계속 듣는 경험을 하게 될 것이다.

3.3 길 물어보기

 '모르면 모른다고 그냥 솔직하게 말을 해주지..'
 아무리 찾아도 눈에 보이지 않아 다른 직원에게 물어보니 완전 다른 방향에서 헤매고 있던 것이었다. 길을 물어 보았을 때 선량한 눈빛을 하고 어쩔 줄 몰라 하다가 알려준 방향이니 일부러 잘못 알려준 것 같진 않다. 다시 한번 인도네시아에 살면서 정말 꼭 여러 명에게 길을 물어 봐야겠다고 느낀다. 두 명이 각각 다른 방향을 알려준 적도 있다. 놀라운 사실은 전혀 악의가 없다는 점이다. 단지 모른다고 말하기 너무 미안한 마음에 엉뚱한 곳(?)을 알려준다고 한다. 특히 백화점이 너무 넓다 보니 길을 헤맬 수도 있는데 매장 위치 묻다 보면 직원들이 다른 위치로 알려줄 때가 종종 있다. 길은 여러 명에게 물어보기!

3.4 느림의 미학

#1. 엘리베이터를 탈 때마다 인도네시아의 '느림의 미학'을 느낀다. 엘리베이터가 도착하고 문이 열리고, 사람이 안 나와서 타려고 하면 그제서야 안쪽 구석에 서 있던 사람들이 슬 움직이며 나온다. 이때마다 한국과 다른 문화를 계속 깨닫는다. 한국에서는 엘리베이터 문이 열리자마자 미리 문 앞에서 대기하던 사람들이 마치 스프링 튕겨 나오듯이 재빨리 나오기 때문이다. 인도네시아에서는 시간의 여유로움이 느껴진다.

#2. 자카르타 통닭 배달은 예상 두 시간. 하지만 치킨 냄새 솔솔 나는 박스를 건네 받는 순간 행복함을 느낀다. 그래도 살짝 식은 통닭이라도 맛있다. 예전에는 통닭 배달은 꿈도 못 꿨는데 많이 발전한 셈이니 매우 만족한다. 자카르타 백화점과 몰 곳곳에 한국 치킨 K매장이 입점 돼 있다. 인도네시아 닭 튀김은 한국보다 더 작고 맛은 더 짜다. 특이점은 치킨과 밥을 같이 세트메뉴로 구성한 메뉴가 많다. 그리운 한국의 치킨 맛을 볼 수 있다는 점이 감사하다.

#3. 식당에서 음식을 다 먹으면 직원이 테이블로 와서 계산서를 갖다 주는데 이 때 카드를 건네주면 직원이 카운터에 가져가서 결제를 하고 다시 가져다 준다. 자카르타 인기 식당의 경우 이렇게 기다리는 시간이 거의 식사 시간과 맞먹는다. 한국이었으면 직원이 카드 리더기를 가져와서 바로 계산해 줄 텐데 말이다. 인도네시아인들은 기다리는 시간 동안 불평하지 않고 기다린다. 하지만 생활 내공이 쌓인 한국 분들은 식사와 동시에 계산을 미리 해달라고 한다. 한국에서 생활 할 때는 당연하게 여겼던 것들을 인도네시아에서는 새로운 시각으로 비교해 볼 수 있다.

3.5 질문의 집요함

관공서 대기실이든 백화점 매장이든 같은 공간 안에서 내 옆 사람과 작은 잡담을 나누게 되는 경우가 많다. 주로 상대방이 먼저 나에게 말을 많이 거는데 간단히 인사를 나눈 후에는 호기심이 생기는지 나에 대한 상세한 사생활 질문 공세가 이어진다. 이름, 직장, 사는 동네 그리고 사는 아파트 이름과 몇 호에 사는지 까지 물어보는 것이다. 질문 패턴은 비슷하다.

"이름이 뭐에요?"

"고향이 어디에요?"

"직업이 뭐에요?"

"회사가 어디에 있어요?"

"어디에 살아요?"

"아파트 이름이 뭐에요?"

"몇 동이요?"

"몇 호에요??"

여기까지 질문이 이어지면 나의 참을성도 점점 한계에 달해 '뭐지?' 하는 생각이 들게 된다. 처음 이런 집요한 질문세례를 받았을 때는 내가 이상한 사람을 만난 건가 싶어서 경계 했었다. 하지만 그이후에도 꽤 여러 번 이런 경험을 겪고 나니 문화 차이인가 하는 생각에 웃으며 대답하게 된다. 하지만 신변 정보 노출은 조심해야하니 잘 모르는 이가 질문할 경우 이제는 대답을 조금 다른 식으로 대답하는 스킬이 생겼다.

"어디에 살아요?"

"지구에 살고있어요" 또는 "인도네시아요"

그러면 잘 웃는 인도네시아 사람들은 정말 또 즐겁게 까르르 웃으면서 본인 부모님 이야기며 직장 이야기며 이혼 경력이며 등등의 신상 이야기를 시작한다.

3.6 물건 사기 위한 고투

쇼핑몰은 많은데 물건을 사려고 하면 다 팔리고 재고가 없다고 하는 경우가 엄.청. 많다. 텔레비전, 냉장고, 침대 매트리스, 지갑을 쇼핑하며 경험해봤다. 맘에 드는 상품을 선택하면 대부분 재고가 없고 전시용 상품만 남아있다. 심지어 그 전시용 상품을 할인 없이 정가 그대로 주고 사야 하고 이마저도 안 판다고 하는 경우도 있다. 간신히 매장에서 원하는 물건을 찾아서 배송을 신청하면 배달되기까지 일주일 이상 오래 기다려야 했다. 자카르타에서 맘에 들었던 물건을 사려고 다시 매장에 방문하면 이미 품절된 경우가 대부분이었기에 즉석에서 바로 구입하는 행동파가 됐다. 참고로 쿠폰 바우처나 포인트는 어느 정도 모아서 사용하려고 하면 시스템이 에러 났다고 거부하거나 더 이상 쓸 수 없다고 통보하고 끝이다. 때문에 혜택은 즉시 사용하는 게 이득이다.

3.7 하루 5회의 기도

이슬람교는 'Waktu Sholat' 이라는 하루 다섯 번의 기도 시간이 있고 각각의 기도 마다 이름도 있다. 정확한 기도 시간은 매일 바뀌지만 대부분의 시간은 아래와 같다.

04시반경 Shubuh
12시경 Dzuhur
15시경 Ashr
18시경 Maghrib
19시경 Isya

새벽 4시반 전후에 하루의 첫 기도를 알리는 Azan(아잔) 소리가 울려 퍼진다. 깊은 새벽에 잠이 깨면 그 기도 소리가 너무도 구슬프게 느껴질 때가 있다. 그럴 때면 종교의 의미란 인간의 고통스런 삶을 이해하고 조금 더 서로를 사랑하라는 의미가 아닐까 하고 생각해본다. 사무실 직원들은 'Sholat(쏠랏)' 이라며 근무중에 기도를 다녀온다. 인도네시아어 과외선생님은 극장에서 영화 보던 도중 기도

하러 나갔다 온다. 종교에 대한 강한 신념을 엿볼 수 있었다. 하긴 인도네시아는 신분증에 종교가 필수로 표기될 정도니까. 건물 내부에는 무슬림을 위한 기도하는 장소인 'Musholla'를 발견할 수 있다. 금요일 점심시간이면 남자들만 모두 모스크에 직접 가서 기도를 드린다.

한번은 사무실 직원이 다른 지역으로 출장을 가게 되었는데 갑자기 복귀 티켓을 밤늦은 시간으로 늦춰 달라는 요청을 받았던 적이 있다.

"혹시 비행기 티켓을 늦은 저녁으로 바꿀 수 있을까요?

"빨리 돌아오고 싶어할 줄 알았는데 피곤하지 않겠어요?"

"저녁 기도 시간에 기도 먼저 드리고 비행기 타려고요"

비행기 안에는 기도할 공간이 없으니 고민하다 부탁하는 것 같았다. 빨리 복귀하고 쉬고 싶을 텐데도 출장 복귀 티켓까지 늦춰달라고 요청하는 모습을 보면서 상대방의 종교를 존중해 줘야겠다는 생각이 들었다. 언제부턴가 나도 새벽에 저절로 눈이 떠진 날에는 세계 평화를 위한 기도를 드린다. 그리고 가만히 있으면 떠오르는 회사에서의 일들 복잡하고 속상하고 기쁘고 고마운 매일의 감정들을 채에 걸러 좋은 기억만 남기고 털어내려 노력한다.

20140223일 일기

중학교 때 "살면서 상처받는 일은 계속 늘어날 테니 조금이라도 상처가 적은 지금 더 인생을 즐겁게 지내라" 하시던 선생님이 계셨다. 지금 생각하면 그 당시에 나에게 엄청 컸었던 상처들도 지금은 아무것도 아닌 그냥 지나간 일일 뿐임을 안다. 지금은 또 지금 나름대로 또 살아가면서 투쟁하는 나름의 신경 쓰는 것들이 있지만, 이것 역시 지나면 아무렇지 않게 회상하겠지. 시간은 참 좋은 약이다. 자카르타 성당에서 마음을 버리고 모두를 위해 기도하고 집에 와서 평안함을 즐겼다. 종교는 가여운 인간들에게 주는 영혼의 양식이구나 싶다.

3.8 먼저 떠나버린 비행기

지금 생각해도 황당했던 경험 중 손꼽히는 일이 있다. 비행기가 예정된 시간보다 몇 시간 전에 먼저 떠나버린 것. 인도네시아의 유명한 저가 항공사 중 하나였는데 예약한 시간에 맞추어 공항에 도착했더니 하는 말이 충격적이었다.

"이 비행기는 이미 몇 시간 전에 출발했어요."

"네? 정해진 시간이 있는데 어떻게 먼저 떠나요?"

"승객이 다 차서 미리 떠났어요."

승객들이 먼저 다 찼다고 비행기가 먼저 이륙했다는 말인데 상상해 본 적도 없는 일이었다. 관련 담당자를 불러달라고 하여 다시 이야기를 했다.

"어떻게 연락 없이 비행기가 먼저 떠나버릴 수가 있나요?"

황당해 하며 물었다.

"우린 이미 사전 연락 다 했는데요?"

직원은 태연하게 대답한다.

"저는 아무런 연락을 못 받았는데요?"

"저희는 모든 승객들에게 문.자. 보냈어요."

하지만 스팸문자함까지 다 뒤져보아도 관련 내용의 연락은 없었다. 계속 연락을 했다는 직원에게 증거를 가져와 보라고 하니 결국 인쇄된 종이를 가져오는데 고객의 전화번호는 적혀있지만 연락을 했다는 내용은 없었다.

"이건 그냥 전화번호일 뿐이잖아요. 여기 문자 보냈다는 증거가 어디에 있어요?"

어영부영 환불도 안해주려고 하는 항공사 직원의 상사와 만나 결국 다행히(?) 다음날 새벽에 출발하는 비행기 티켓을 받을 수 있었다. 만약 인도네시아어를 못하는 여행객이었다면 참 힘들었을 뻔 했겠다는 생각이 들었다. 저가 항공사 스케줄은 캔슬도 많고 시간도 자주 바뀌기 때문에 공항으로 향하기 직전 까지도 다시 한번 확인해 봐야 하는 것 같다.

20141231수 일기

어이없는 L 에어. 다시는 좀더 비싸더라도 G 에어를 타던가 해야지. 길 막히는 거 고민하며 구글맵 현재 교통상황 계속 봐가면서 공항에 알맞게 도착해 기뻐하는데 이미 오후3시에 비행기가 출발했다나? 어이없다.. 빡쳤지만 여긴 인도네시아니 참았다. 문자 하나 띡 보낸걸로 본인 할 일을 다 한 것처럼 말하는 직원. 심지어 문자는 오지도 않았다. 내일 새벽5시 비행기로 티켓 다시 받고 근처 호텔에서 자비로 투숙함. 어여 자야지.. -0- 암튼 라이언 에어. 이 어이없는.. ㅋㅋ Happy New Year !

3.9 나 떨고 있니? -지진, 테러, 위협

#지진

인도네시아에는 127개의 활화산이 있다. 화산 폭발 관련 이슈가 자주 들려온다. 더불어 지진(Gempa Bumi)도 미찬가지. 오후 한시 반경, 점심시간 지나고 한창 바쁘게 업무에 집중 하던 시간이었다. 갑자기 건물이 흔들거리는 느낌을 받았다. 처음엔 '요새 몸이 허해 졌나 현기증이 다 나네' 하는데 직원들이

"지진이다"

소리치면서 뛰쳐나가기 시작했다. 회사 15층 건물의 13층에서 근무하고 있는 나로써는 건물이 좌우로 도토리묵처럼 휘청거리면서 벽에 걸린 달력들도 흔들리는 걸 보니 공포감을 느꼈다.

"꺅! Gempa Bumi(금빠 부미, 지진)"

소리 지르며 비상구 계단을 통해 내려왔다. 계단을 내려오면서 만약 이렇게 지진으로 인해 건물이 무너진다면 오늘이 인생의 마지막 날이 되겠구나 생각했다. 그러면서 맨 처음 든 생각은 못 이룬 꿈이나 사랑도 아니고 '생명보험 가입하길 잘했다.' 였다. 슬퍼할 남은 가족들에게 조금이나마 위로가 되면 좋겠다는 현실적인 생각. 얼마 안 되는 금액이지만 첫 휴가로 만 1년반 만에 한국에 갔을 당시 가입한 보험이었다. 그리고 이어서 오늘이 마지막 날 인줄도 모르고 점심 먹고 열심히 일하던 내 모습이 떠오르며 어쩐지 묘하게 느껴졌다. 세상 사람들 대부분이 생의 마지막 날을 예상하지 못하고 죽음을 맞이 했을 거란 생각이 들었기 때문이다. 무사히 살아있는 하루하루가 감사한 일이었다. 회사 건물 밖으로 나오니 이미 많은 사람들이 대피해 모여 있었다. 지진은 대만에 교환학생으로 갔을 때 기숙사에서 처음 겪은 이후 두 번째인데, 생명보다 소중한 건 없다고 다시금 깨달았다. 지진이 멈춘 뒤에 직원들이 사무실로 돌아온다.

"다들 어디에 있었어요? 안보여서 걱정했었는데."

"지하 기도실에서 기도하다가 지진을 느끼고 바로 대피했어요."

인생 한 순간 한치 앞도 못 보겠구나 싶었다. 현재에 충실해야지. 다음날 KOMPAS 신문 첫 면을 장식한 지진.

20180123화 일기

　대만에서 처음으로 지진을 경험한 이후 두 번째로 큰 지진을 느꼈다. 건물 13층에 있는데 뭔가 어지럽다 싶더니 건물이 휘청거리고 있어서 어찌나 놀랐던지. 계단 비상구에는 이미 탈출하려는 사람들이 가득 차 있었고 부랴부랴 1층 로비로 나오니 많은 사람들이 이미 모여 있었다. 지진이 멈춰서 다행이지... 이게 큰 지진이었으면 한순간에 생을 마감하고 뉴스에 한 토막 기사 거리로 회자됐겠지.. 더군다나 업무에 집중하던 터에 급작스레 느낀 자연재해라 그런가 어떤 초탈한 느낌? 내 인생이 가장 중요한 것.. 기쁘고 행복하고 충만한 삶을 살라는 메시지가 다시 머리에 뚜렷이 재 각인된 계기가 되었다.

#테러와 비행기 추락

　백화점이나 호텔 등 건물 내부를 들어갈 때마다 보안검색대를 통과하며 가방 검사를 해야하는 자카르타. 그만큼 테러가 빈번하게 일어나기 때문이기도 하다. 도심 한복판에서 일반인을 겨냥한 총격 테러를 비롯해 사람들이 많이 모이는 쇼핑몰이나 사무실 건물의 폭탄 테러 기사를 종종 접할 수 있다. 그렇게 아무 죄 없이 갑작스럽게 죽음을 맞이한 사람들을 생각하면 종교의 의미에 대해 다시 생각해 보게 된다. 그리고 국내선 비행기 추락 소식도 가끔씩 들려오는 공포스러운 뉴스 중의 하나이다. 그래서일까 비행기가 많이 흔들렸던 만큼 랜딩 후 사람들의 환호성과 박수소리는 우렁차다.

20160115금 일기

　지진을 1회 느낌. 헐.. 사무실에 있는데 갑자기 한번 내려앉는 쿵 하는 느낌에 깜짝 놀랐다. 헬멧을 준비해야 할 것 같다. 우선 헬멧만 잘 써도 머리를 보호하니까.. 어젠 테러로 7명이 사망하고 오늘은 지진.. 생명보험 들길 잘했단 생각이 든다.

#위협

집순이인 나에게는 집, 회사, 장 보는 대형쇼핑몰이 주 활동 무대였다. 이 반경 안에서 만나는 사람들 대부분은 상당히 친절하다. 그러나 평소에 안 가던 길이나 인적이 드문 곳은 실정이 다르다. 어두운 해질녘 차가 골목을 잘못 들어갔던 적이 있는데 갑자기 어디선가 나타난 현지 아저씨 한명이 운전수에게 말을 건다.

"잠깐 문 좀 열어봐요."

이유도 없이 나타난 낯선 이에게 문을 열어 줄 이유가 전혀 없었지만 그 아저씨가 평범한 인상을 하고 있었기에 무슨 일인가 궁금하긴 했다. 하지만 인도네시아에 와서 초창기에 주변으로부터 들은 말들 중에 '무슨 일이 생기면 절대로 차에서 내리지 마요'가 떠오르며 그냥 무시하려 했다. 그런데 갑자기 어두운 곳에 있던 다른 세명이 나타나 운전 기사 쪽 창문을 마구 두드리며 앞을 가로막는 것이 아닌가? 그래서 차를 고속 질주하며 빠져나왔던 적이 있다. 위험한 장소는 관광객들이 잘 안 다니는 인적이 뜸한 뒷골목이다.

또 몸집 건장한 남자 대학생이 직접 겪은 일이라고 말해주는 일화가 있다. 공항으로 가던 택시 기사가 목적지에 도착하자 돌변하더니 갑자기 금액을 두 배나 내라고 했고 이를 거부하자 차에서 내려 트렁크에서 도끼를 꺼내 들었다고 한다. 도끼를 보는 순간 너무 무서워서 바로 돈 주고 뒤도 안 돌아보고 달렸다는 이야기.

나에게 인도네시아어를 가르쳐주던 현지 과외 선생님은 택시 기사가 갑자기 차 막힌다면서 인적도 없는 길 한복판에 내리라고 하고 가버렸다며 황당했던 경험을 이야기 해줬다. 알아서 조심해야 할 것 같다.

3.10 백화점 여행

#Malling

 이번 주말엔 어느 몰에 가서 놀까? Malling 문화가 발달한 인도네시아의 대형 백화점 혹은 몰은 하나의 작은 마을 같다. 쇼핑, 식사, 문화생활, 영화관람, 헬스, 스크린 골프, 미용, 마사지, 키즈카페 등 모든 걸 다 할 수 있는 공간이다. 주말이면 쇼핑몰에는 나들이 온 가족과 연인들로 가득 찬다. 현지인 뿐 아니라 외국인에게도 백화점은 복합 쇼핑몰로써 하루 종일 보내도 지루하지 않은 곳이다.

 백화점 및 호텔은 입구에서 보안 검색대를 통과해야 한다. 처음에 호텔 입장 시에 두리안 금지 그림을 보고 폭탄 금지로 잘못 이해하고는 인도네시아에 폭탄 테러가 심하니 이런 것도 있구나 오해했었다. 나중에 알고 보니 열대과일 두리안 금지 표시였다.

 차량 검사도 한다. 먼저 차문을 열어 보고 차 뒤 트렁크를 열어본다. 그런데 그렇게 검색하던 중에 폭탄이 발견되면 어떻게 대응하는 건지는 모르겠다. 사실, 아파트도 단지 입구마다 경비실을 통과해야 들어갈 수 있다. 그만큼 치안을 철저히 감독해야 안전하다는 뜻일 것이다. 한번은 직원에게 회사에서 주문한 물품을 찾으러 Pacific Place 백화점에 다녀오게 했다. 나중에 직원이 하는 말이 그 백화점은 향기 나는 사람만 입장 할 수 있다고 친구한테 들었다며 보안 검색대를 통과할 때 긴장 했단다. 그만큼 자카르타의 백화점은 참 화려하다. 1층에는 명품 매장이 즐비해 있고, 각종 명절에 맞추어 휘황찬란하게 내부를 꾸민다. 특히나 크리스마스 시기에는 곳곳에서 다양하게 장식된 트리 장식이 많이 보인다.

#산책용 백화점

"걷고 싶다. 몰 아니면 걸어 다닐 곳이 없어!"

기사가 출퇴근 시 운전해준다는 말을 듣고 부러워하는 친구에게 내가 한 말이다.

"여기 와서 한국에서 아무렇지 않게 누리던 것들의 소중함을 깨닫게 돼"

정말 진심으로 한 말이다. 걸어서 동네 슈퍼 갈 수 있다는 것이 행복한 것임을(파푸아에 있을 땐 슈퍼가 있다는 사실 자체에 감사했었음). 운전수가 있다는 게 처음엔 신기한 경험이고 좋았으나 몇 년 지나니 오히려 걷고 싶은 욕구가 엄청 강해 진다. 주말에 백화점이나 몰에서 서너 시간 걷는 것 이외에는 맘 놓고 걸을 기회가 드물다. 자카르타에는 안전한 보행자 도로가 거의 없다. 군데군데 하수구가 무방비 노출돼 있고 길이 갑자기 끊기거나 좁아지는 형태라서 위험하다. 그리고 계단마저 보호색을 띄고 평지인 척 잠복해 있는 경우가 많아 잘못하면 넘어질 수 있다. 따라서 바로 근처에 위치한 동네 마트를 가려고 해도 자동차를 타고 가야 안전하다.

특히 어두운 밤에는 더 조심해야 한다. 한국에서 온 출장자나 여행객들이 밤에 호텔 밖을 무방비로 나갔다가 도로 끊긴 곳이나 하수구로 떨어져 다음날 목발 짚고 다니는 걸 여러 번 목격했다. 한국처럼 보행자를 위한 인도가 잘 만들어진 나라에서 온 방문객들은 별 주의 없이 걷다가 다치기 십상이다. 마음대로 걸어 다닐 수 있는 길이 있다는 것이 축복이고 행복이구나 하고 감사하는 마음이 생긴다. 인도네시아에 살면서 한국에서 당연하게 누렸던 것들에 대한 감사하는 마음이 자꾸 샘솟는다. 휴가 때마다 한국 오면 걷는 것 만으로도 너무 행복해서 한 시간 거리 정도는 기쁘게 걸어 다닌다.

*참고: 백화점이나 몰에서 한국 휴가 가기 전 구입한 선물들
· 슈퍼에서 파는 인도네시아 천연 꿀
· ABC 소스(인도네시아의 매콤한 소스. 새우 튀김과 잘 어울림)
· Minyak Kayu Putih 초록색 병에 든 시원한 느낌의 오일
· 아로마 마사지 오일
· 목가공품

#영화관

　자카르타 몰 안에는 CGV영화관이 꽤 많이 있다. Cinema21과 쌍벽을 이루는 영화이다. 이전의 Blitze megaplex가 CGV Blitze로 재탄생 하였다. 가끔 인기 있는 한국 영화도 개봉해서 종종 간다. 개인적으로는 Grand Indonesia 백화점에 있는 CGV 극장 시설이 최고 좋은 것 같다. 제일 크고 시설도 최신식이다. 영화 티켓 구입 시 좌석을 선택하는데 LAYAR(스크린)라고 써져 있는 쪽이 스크린과 가까운 앞쪽 좌석이다. CGV 영화관은 다양한 class들이 있다.

- 2D class 일반석
- Gold Class 1인씩 떨어져 있으며 비행기 비즈니스 좌석 같음
- Starium Class 스크린 대형 화면
- Velvet class 침대 좌석으로 덮을 담요도 줌
- Sweet Box 커플용 2인 소파 좌석

　주말이면 가족단위, 연인 단위의 인파가 인산인해를 이루는 극장. 포인트 카드도 있어서 적립해서 사용할 수 있다. 시설도 최신식이라 좋고 만족스럽지만 영화 볼 때 극장 안이 매우 추워서 늘 숄을 가지고 다녔다.

#어린이 놀이터

자카르타의 매연과 도로 사정으로 인해 가끔씩 걷고 싶은 날에는
어쩔 수 없이 몰 안을 걸어 다니
곤 했다. 웬만하면 몰에 대규모
장난감 가게 체인점과 키즈카페
가 있는데 어린이들이 참 즐겁
게 놀고 있는 모습을 볼 수 있
다.

심지어 어린이 기차가 백화점 내부를 돌아다닌다. 어떤 몰에는 어
린이용 회전목마나 관람 열차 등의 놀이기구도 설치 돼 있다. 몰이
넓다 보니 이런 것도 운영하는
것 같다. 한국에서 자카르타로
진출한 L 백화점의 꼬마 기차는
어린이들에게 인기가 많아 절찬
리 운영 중이다. 공짜는 아니고
10분 가량에 35,000루피아인데
아이들이 참 좋아한다. 그리고
나도 좋아한다. 프랑스 베르사유 궁, 런던 큐 가든, 태국 방파인 여
름 별궁, 인도네시아 족자카르타 쁘람바난 사원 등 꼬마 기차가 보
이면 무조건 타고 보았다.

미용실 무서워하는 어린이를
위한 어린이 전용 미용실도 있
는데 귀여운 자동차 모형의 의
자가 있다. 대부분의 몰에 어린
이 놀이터, 어린이 미용실, 어린
이 치과 등등이 입점한 것을 보
면 인도네시아 몰은 어린이들을
위한 거대한 놀이터 같다.

제 4 화 인 도 네 시 아 적 응

4.1 도착 당일

 사실, 단 한번도 인도네시아가 내 인생의 한 부분을 차지할 거라고
예상 하지 못했다. 인도네시아는 그냥 지구본 속에 그려진 수 많은
나라 중 하나였고 다큐멘터리와 책을 통해서만 상상하던 곳이었다.
자카르타로 향하는 비행기 안에서 인도네시아 숫자를 외우며 인생
은 예측불허라고 생각 했다.

 2013년 3월 14일 한국은 아직 쌀쌀한 초봄 그리고 '화이트 데이'
인천공항에서 출발한지 7시간만에 자카르타 Soekarnohatta(CGK)
공항에 도착한 것은 늦은 밤이었다. 한국보다 2시간 느린 시차. 비
행기 안에서 나오는 순간 피부에 와 닿았던 습하고 더운 공기. 그리
고 어쩐지 피부가 찐득거리는 듯한 느낌으로 단번에 실감나는 동남
아 기후. 수화물을 기다리면서 포터(Porter, 공항 밖까지 유료로 짐
을 운반해 줌)들의 호객 행위를 몇 번이나 거절하며 빠져 나온 공항.
2017년부터 공항 무료서비스로 바뀌었지만 당시 공항에 처음 입국
하시는 분들은 강제 서비스를 당하고 바가지 요금도 많이 겪었던
때였다.

 공항 밖으로 나왔으나 현 위치를 알려주는 지도나 표지판이 보이

지 않는다. 마중 온 사람에게 주변에 보이는 가게 이름을 알려주고 간신히 만날 수 있었다. 인도네시아에 살다 보면서 느끼는 점 중 하나는 도로에도 건물 안에도 지도나 표지판 설명을 찾기가 어렵다는 점이다.

외국인이 가장 편하게 이용할 수 있는 대중교통 수단인 택시. 택시 표지판이 작으니 사람들이 길게 줄 서 있는 곳으로 가면 된다. 택시 회사마다 요금 차이가 심하다. 보통 제일 줄이 긴 곳은 인도네시아의 대표 택시 블루버드(Blue Bird)이다. 파란색 차량에 새가 그려진 이 택시는 유니폼을 입은 기사 분들이 친절하게 짐도 들어주고 안전해서 믿을만하다. 고급 버전으로 실버버드(Silver Bird)와 블랙버드(Black Bird)가 있다. 골드버드 대신 블랙버드가 있는 이유는 인도네시아에서 검정색이 부를 상징하기 때문이다.

공항에서 자카르타 시내까지 안 막히면 40분 가량(르바란 기간과 일요일 저녁은 차가 거의 안 막힘)이고 출퇴근 시간에는 두 세시간 정도 걸린다. 교통상황이 매일 변하므로 미리 교통 앱으로 교통상황을 체크하면 거의 비슷하다.

공항을 떠나 도착한 호텔은 깨끗한 외관과 시설 그리고 직원들의 환한 미소가 인상적이었다. 무사 도착을 알리기 위해 한국의 집으로 국제 전화를 건다(01017+국번+전화번호). 이전에는 심 카드를 슈퍼마켓에서 물건처럼 살 수 있었으나 2017년 초부터 실명 등록을 요구하고 있어 신분증을 들고 통신사에 가서 등록하는 절차를 하도록 바뀌었다.

피곤해 하며 곤히 잠을 잘 시간인 새벽 네 시 반경에 사원에서 메가폰을 통해 울려 퍼지는 기도 소리가 나를 깨워 뒤척거리게 만들었다. 전세계에서 인도네시아의 무슬림 인구수가 최대라고 하니 종교가 그야말로 삶의 곳곳에 영향을 미치고 있는 나라였다.

20130314목 일기
 여긴 자카르타 !
한국보다 2시간 느리다. 현재 새벽2시9분이다.
처음 도착했을 땐 한국인 직원 없이 말도 안 통하는 현지인 직원이
랑 차 기다리느라 막 이거 뭔가 잘못 온 거 아닌가 하는 생각이 들
었지만, 오해가 풀리고 숙소에서 짐 정리하고 씻으니 기분이 좋아진
다. 우선 내일 정장 입고 본사 가서 발표가 있을 예정이니 그거 준
비 재빨리 하고 조금이라도 자야지. 8시까지 가야해서 7시30에 차
마중 온다고 했으니 7시나 아침 먹으려면 6시엔 일어나서 준비해야
할 것 같다. 그런데 이러다 잘 수나 있으려나 모르겠다.

20130316토 일기
 여기에 있을 수 있어서 너무 행복한 하루였다. 아침에 쇼핑몰로
gogo! 인도네시아 기사님이 어디든 데려다 주시니 넘 편했다. 한국
에서는 부르주아 생활인데 여기선 일상이다. 기사님, 식모, 유모 천
국인 것 같다. 특히 발 마사지는 예술. 아 여기서 살고 싶어진다. 내
가 좋아하는 마사지를 만원 정도면 90분이나 정성스레 받을 수 있
다니~ 내일도 받고 싶어진다. 바틱 원피스를 50%세일로 저렴하게
사서 좋다. 바틱 천도 한국 천과 다른 것 같고 좋다. 이런 즐거운
기억들을 생각하며 지내는 동안 힘 내야지.

4.2 은행 업무

#은행

인도네시아 은행의 일반적인 특징은 매우 오래 기다려야 한다는 점인데 반나절은 그냥 지나간다고 보면 된다. 그리고 마지막까지 놀라움을 준 곳인데 그 이유는 다음과 같다. 개인적 경험에 의한 것으로 은행과 담당자에 따라 상황이 달라질 것이다.

· 계좌 개설 시 여권, 비자, 어머니 영문 성함과 생일 기입. 한국 주소와 주민번호(2018년부터)까지 적으라고 함. 최소 가입 금액 필요. 은행마다 요구 조건 상이
· 매달 관리비가 빠져나감. 다만, 월 평균 잔액이 은행에서 제시한 일정금액 이상이면 무료
· 은행마다 규정된 최소 잔액은 사용할 수 없음
· 통장 개설 시 영원히 못 찾는 돈(한화 약 5천원 정도)이 있다는 걸 해지할 때 통보
· 은행 창구에서 돈을 찾을 때는 꼭 유효 비자가 있어야 하며, 만약 비자 만료 시 은행에서 인출 거절 할 수 있음
· 예금 가입 시 우표처럼 생긴 Materai를 구매하여 인지세를 냄
· 계좌를 개설한 지점에서만 해지 가능하다고 함(그러나 해주는 지점도 있음)

은행에 통장 해지하러 갔더니 개설한 지점에서만 가능하다고 한다. 자카르타에서 이것 때문에 비행기타고 파푸아에 갈 순 없었다. 하지만, 인도네시아에 살면서 터득한 바로는 한 곳에서 안된다고 하더라도 다른 곳에서는 가능할 수 있다는 점. 결국 시도한 세 번째 은행에서 해지 하였다. 인도네시아에서 은행 계좌 개설 시 미리 알아둬야 하는 사항이 많은데, 물어보지 않으면 먼저 알려주는 경우가 없으니 최대한 자세히 계좌 관리비, 혜택 비교, 인터넷 뱅킹 및 해외 이체 가능 여부, 통장 해지 방법 등의 질문을 하는 것이 좋다.

#화폐

인도네시아 화폐는, 천원, 2천원, 5천원 그리고 만원, 2만원, 5만원, 10만원권이 있다. 동전은 100원 200원 500원 1000원이 있으며 이보다 작은 단위도 가끔 보이긴 하지만 시중에서 잘 사용되지 않는다. 환전 시에는 같은 건물 내에서도 은행 별, 사설 업체 별 환율 차이가 크다. 은행에서는 외화 환전 시 새 돈만 취급하며(헌 돈은 환전소에서 취급), 달러 환전 시 100달러 지폐의 환율이 제일 좋다.

#신용카드 만드는 어려움

카드 혜택도 받을 겸 은행에 신용카드를 신청했다. 주위에선 잊혀질 때 즈음 연락이 올 거라던데 3개월 동안 감감 무소식이다가 온 답변이 거절. 다른 은행에 신용카드가 없다는 게 이유였다. 기왕 거절 할 거면 사유라도 빨리 알려주면 좋았을 텐데 말이다. 인도네시아는 신용카드 소지율이 2.4%(2020년) 밖에 안되니 아직 보급화가 안 돼서 그런가 싶다.

"그럼 모든 은행이 그렇게 이야기 하면, 맨 처음에 신용카드를 어디서 만들죠?"

담당 직원은 그저 해맑게 웃을 뿐이다. 대신에 인도네시아에 진출한 한국의 은행들이 교민들을 대상으로 신용카드를 발급해 준다. 한국의 신속한 서비스로 오래 기다릴 염려는 없는 것 같다.

4.3 우기와 건기

우리나라의 사계절 날씨와 달리 인도네시아는 우기와 건기 두 시즌으로 나뉜다. 우기는 11월~4월 건기는 5월~10월 경이다. 우기의 정점은 보통 1월이다. 한국의 눈이 펑펑 쏟아지듯이 자카르타의 1월은 도로에 빗물이 범람(Banjir, 반지르)하는 모습을 볼 수 있다. 폭우 때문에 자카르타 도로가 침수되는 경우도 있는데 이때 주의할 것은 피부병이다. 물이 피부에 닿지 않도록 차로 이동하거나 집에서 쉬는 게 최고인 것 같다. 비 오는 날은 차가 더 꽉 막히므로 자칫 도로에서 몇 시간 갇혀 있을 수 있다. 추위를 많이 타는 나는 비가 많이 내리는 1월에는 추워서 잠이 깨 옷을 더 껴입고 자곤 했다.

우기와 건기 모두 긴 팔 얇은 남방과 카디건이 유용하다. 회사나 고급 백화점은 들어가는 순간 추운 느낌이 들 정도로 에어컨을 강하게 켜놓는다. 야외에서는 햇빛 보호용으로, 실내에서는 체온 유지용으로 카디건을 챙겨서 다니면 매우 요긴하다. 특히 나에게는 영화관이 마치 농산물 저온 저장소처럼 매우 추운 곳이어서 꼭 무릎 담요나 숄을 가지고 다니곤 했다. 영화관 시설이 최신이고 좌석도 넓고 매우 만족스러운데 너무 추운 게 단점. 여담으로 열대 기후 속 도로를 가득 메우고 있는 오토바이 풍경을 보면 패딩 또는 가죽 잠바를 입고 있는 모습도 자주 보인다. 같은 상황도 사람마다 해석하고 느끼는 감정이 각기 다르듯이 온도 차이 역시 상대적인 것 같다.

20140121화 일기
 아침에 일어나는데 일어나기 힘들었다. 새벽에 이슬람 종교 확성기 소리 때문에 푹 못 자서 그런지.. 그리고 날씨가 쌀쌀해서 전기장판을 구입 해야겠다. 춥다. 벌써 인도네시아인처럼 체질이 변한 건지 뭔지.

20140227목 일기
 아침부터 비가 억수로 쏟아지더니 출근하는 찻길에 물이 넘쳐 도로로 범람하는 모습. 뭐 이제 놀랍지도 않지만, 하수구와 교통문제가 이 나라에서 보완해야 할 것들이다. 나중에 어떻게 개선해 나가는 가도 중요한 본보기가 될 수 있겠다.

20150313금 일기
밤에 추워서 오들오들 떨다가 옷 껴입고 잤다. 작년 초에도 이러던 시즌이 있었는데 그 시기인가 보다. 전기 장판이 생각난다.

4.4 풍족한 공휴일

인도네시아 달력에는 공휴일이 참 많다. 국가에서 모든 종교를 인정하며 관련된 기념일을 공평하게 공휴일로 지정했기 때문이다. 새해, 설 공휴일 이외에도 Nyepi Day(힌두교 신년), Pancasila Day(2017년 6월1일부터 시작. 다양한 민족과 문화와 종교를 포용하는 조화로운 삶을 위해 제정된 공휴일), 이슬람 예언자 무함마드의 음력 탄생일 등이 있다. 우리나라와 다른 인도네시아만의 공휴일의 의미를 알아보는 것도 하나의 재미가 된다.

20170601목 일기

인도네시아 Pancasila Day공휴일이다. 라디오에서도 우리는 한민족이다~ 라며 조꼬위 대통령이 연설하고, 계속 또 광고가 나온다. 다양한 섬 종족들이 있는 인도네시아는 종족끼리의 싸움과(2001년 보르네오 섬에서 발행한 다약족과 마두라족의 유혈분쟁 등) 다툼 분열 예방 차원에서도 이런 공휴일을 통해 어린이들에게 세뇌 인식을 심어주는 건 참 괜찮은 방법인 것 같다. 이런 교육과 공휴일의 의미를 배우며 자란 아이들은 나중에 화합하며 인도네시아를 한민족이란 인식하에 잘 통합하는 인원이 돼 있을 테니까.

#인도네시아 광복절

인도네시아에 오기 전까진 우리나라처럼 인도네시아 광복절도 8월 15일 인줄 알았다. 인도네시아 회사 직원분과 대화 중에 8월 17일이 광복절이라는 사실을 알고는, 나의 생각 틀 안에서 의심없이 당연하게 짐작했음을 깨달았다. 조심하지 않으면 무의식 중에 내가 자란 환경의 틀 안에서 사고하는 경우가 생기는 것 같다. 인도네시아 백화점은 광복절에 17% 할인행사를 한다. 광복절을 기념하는 큰 사탕도 만들고, 거리 곳곳에서 인도네시아 국기 색깔인 빨강과 흰색으로 장식도 한다. 신 개념이다.

*르바란, 광복절, 크리스마스 이렇게 세 번의 큰 할인 기간이 있다.

#이둘아다

직원이 갑자기 몸이 아프다고 출근을 하지 않았다. 이유를 물어보니, 이둘아다 날에 가축(주로 염소) 희생 장면을 보고 난 후 한 몸살이 났다고 한다. 이 날에는 동네마다 어린아이까지도 모여서 피 흘리며 죽어가는 동물을 거리낌없이 참관한다. 한국에서 처음 갔다면 놀랄 일이다. 희생제는 종교상의 이유로 매우 중요한 행사이다. 이 공휴일에 맞춰 고향에 내려가야 한다며 휴가를 신청한 직원도 있다.

"희생제 때 고향에 가면 뭐 하며 지내요?"

문화에 대한 궁금해하는 나의 질문에

"마을에서 염소를 도축해요. 그 덕에 염소 고기를 먹을 수 있어요. 고기가 아주 맛있어요."

대답하며 직원은 군침을 꿀꺽 삼킨다.

한번도 행사에 참가한 적은 없지만, 매년 이둘아다 날짜가 다가오면 자카르타 도로 양 옆에는 제물로 바쳐질 살아 있는 소와 염소들을 볼 수 있다.

#인도네시아 어머니 날

현지 직원들의 퇴근 시간인 오후 다섯 시가 다가온다.
"혹시 오늘 조금 일찍 퇴근해도 될까요?"
직원 한명이 다가오더니 조심스레 묻는다.
"무슨 일 있어요?"
"오늘 어머니 날이라서 엄마랑 맛있는 거 먹으려고요."
"아 물론이죠. 그런데 아버지 날은 따로 있어요?"
"아버지 날은 없어요"
"하하. 한국은 어버이날로 동시에 있는데 다르네요."
직원과의 대화 덕분에 12월 22일은 인도네시아 어머니날이란걸 처음 알았다. 대화를 통해 배우는 게 참 많다.

#라마단과 르바란

모든 종교를 인정하는 덕에, 유독 공휴일이 많은 인도네시아에서도 최대 행사인 'Lebaran(르바란)'. 한달 가량의 'Ramadan(라마단)' 금식 기간이 끝나면 주어지는 일주일 이상의 긴 국가 공휴일이다. 라마단은 매년 약 11일 정도씩 앞당겨진다. 라마단 기간 중 무슬림들은 해가 떠 있는 시간에는 물조차 마실 수 없으며 'Buka Puasa(금식해제)' 이후에야 식사를 할 수 있다. 금식 해제를 알리는 시각은 매일 달라지며 주로 라디오나 공영방송에서 크게 공표를 해준다. 금식기간에는 빈속에 갑자기 음식이 들어가 배탈나는 것을 예방하기 위해 달달한 음식들이 많이 판매되는데, 특히 대추 야자 열매를 설탕에 저민 'Kurma'의 인기가 높다. 매년 이 시즌만 되면 슈퍼 진열대에 다양하게 진열돼 있는 Kurma를 볼 수 있다. 호기심에 한번 먹어봤는데 극심하게 달아서 그 후로는 먹지 않았다.

라마단 금식 기간에는 식당에서 술잔이 아닌 주스 잔이나 커피잔 등에 술을 넣어 판다. 점심 시간에는 금식하는 무슬림들을 배려해 식당 밖에서 손님들이 식사하는 모습이 안 보이도록 창문에 커튼이나 가리개를 설치  하기도 한다. 라마단 기간의 점심 시간에는 도로에 차가 별로 없어 심각한 교통 체증을 피할 수 있는 반면 금식 해제 시간 이후의 식당은 손님들로 문전성시를 이룬다.

*금식 예외: 임산부, 생리 중인 여성은 나중으로 미루는 걸로. 아니면 기부금을 많이 내면 예외.

라마단이 끝나고 르바란 연휴가 시작 되기 전날 사무실 직원들이 서로 다가와
'Mohon maaf lahir dan batin'
이라며 인사를 해주는데 이 문장의 뜻을 찬찬히 들여다 보면 '과거의 모든 잘못에 대한 용서를 구합니다'란 뜻으로 참 마음에 와 닿는다. 혼자 살아가지 않는 이상 필연적으로 의도치 않게 서로의 마음에 상처를 주고 받게 되는데 이런 기회에 몰랐던 잘못까지 용서를 구할 수 있으니 서로의 마음이 편해질 것 같다. 한국에도 도입되면 좋겠다.
카톨릭인 나에게 르바란 공휴일은 인도네시아 주변국을 여행할 수 있는 절호의 기회였다. 6년간 근무하면서 아세안 10개국 중 9개국(베트남, 싱가폴, 태국, 라오스, 말레이시아, 브루나이, 미얀마, 캄보디아 그리고 인도네시아)을 여행할 수 있었다. 인도네시아에서 근무할 수 있어서 감사하다.

4.5 Bahasa Indonesia 공부

#언어와 문화

가장 먼저 배우게 되는 인사말. 인도네시아는 하루를 네 영역으로
구분해 다르게 인사한다.

· Selamat Pagi (아침),
· Slamat Siang (10~14시경)
· Selamat Sore (14~18시경)
· Selamat Malam (저녁)

인도네시아인과 대화 중에 한국은 하루 내내 인사말이 모두 똑같
다고 말하자 놀라면서 태양이 계속 이동하는데 어떻게 인사말이 똑
같을 수 있냐며 되묻는다. 아마도 벼 농사 삼모작이 가능한 적도의
나라니 곡식의 수확에 영향을 미치는 태양의 시간대를 나타내는 표
현이 세분화 된 게 아닐까 싶다. 시간대로 인사말을 나누는 방식도
나라마다 다르니 모든 건 상대적인 것 같다.
새로운 언어를 배우는 재미 중 하나는 그 나라의 문화를 엿볼 수
있다는 점이다. 재미난 예시 하나. 북쪽 빈딴 섬에 여행 갔을 적에,
발 마사지사가 시장 물가가 높다면서 표현하던 방식이다. 그 아주머
니는 닭이 몇 근에 얼마 올랐다는 식으로 말했다. 한국은 쌀 한되
얼마, 채소(특히 김치 재료인 고추와 배추) 값이 얼마가 올랐다는
식으로 표현하는데 말이다. 종교상의 이유로 돼지 고기를 먹지 않는
인도네시아인들은 치킨을 매우 좋아하고 자주 먹는다. 따라서 인도
네시아에 살다 보면 자연스레 닭고기를 매우 자주 먹게 된다. 인도
네시아의 닭고기가 우리나라의 쌀처럼 물가 측정의 척도일까? 우리
나라의 주식인 쌀처럼 이곳에서는 닭을 주식처럼 매우 중요시 여겨
서 그렇게 표현 하는 걸까 하는 생각이 들었다. 나라마다 언어가 그
문화를 대표한다더니 정말 맞는 것 같다.

매우 주관적인 견해로, 몇 군데 나라에 살아보니 현지에서 살면서 가장 처음 배우는 단어들이 그 나라의 문화랑 밀접한 연관이 있는 것 같다. 인도네시아에 살면서 가장 최초로 현지 주민들과 대화를 통해 머리에 입력된 단어들은 덥다(Panas), 비(Hujan), 바람(Anging), 선풍기(Kipas anging), 목욕(Mandi) 등의 날씨 관련 단어들과 쌀밥(Nasi), 닭(Ayam), 물(Air) 등의 단어였으니 말이다.

#비슷하지만 완전히 다른 단어

인도네시아어인 Bahasa Indonesia는 단어의 의미가 접두사와 접미사에 의해 전혀 다른 의미로 바뀌는 경우가 많다. Tinggal~ 에 살다. Tinggal di mana? 인도네시아에 살면 대화 중에 어디에 사느냐는 질문을 주로 많이 받게 된다. 그런데 이 단어 앞에 men이 붙으며 t가 탈락되면 meninggal 즉, 사망의 의미로 순식간에 변한다. 비슷해 보이는 단어인데, 접두사와 접미사에 의해 완전히 달라지는 의미가 된다. 때문에 인도네시아어는 일정 대화 수준까지는 다른 언어보다 쉽게 배울 수 있어도 진정으로 잘하기가 참 어려운 언어 같다. 자카르타 거주 초창기 시절 tinggal에 새로 배운 접두사 문법을 적용해볼 심산으로 meninggal로 표현하다가 아침까지 잘 살고 있는 사람을 갑자기 죽었다고 오해하게 만들 뻔한 일화도 있었다. 다행히 해프닝으로 끝났지만.

다른 예로는 끊겼다는 의미로도 자주 쓰이는 putus가 있다. 전화가 끊기다, 길이 끊기다, 물이 끊기다 등등 자주 사용되는 단어인데, keputusan으로 변형되면 '결정'이라는 의미가 된다. 대충 모양만 보고 의미를 지레 짐작하다가 전혀 다른 뜻으로 해석할 수 있는 여지가 있다. Keputusan을 문장 속에서 처음 발견했을 때 설명해주려고 노력하던 직원의 모습이 떠오른다. 단어 하나에도 떠올려지는 인물과 장면들을 만들어 갈 수 있다는 것이 외국 생활이 주는 기쁨인 것 같다.

#사전에는 나오지 않는 단어

  인도네시아 현지에서 살다 보면 새로 들은 단어를 사전에 검색해
도 없는 경우가 있다. 또한 줄임 말을 쓰는 게 매우 일상적이라 사
전에는 없는 단어가 꽤 많다. 인도네시아는 일상생활에서 줄임 말을
엄청 잘 사용하는데 각종 출판물 신문 등에서 사전에도 없는 줄임
말을 제목으로 잘 활용하기도 한다. 심지어 현지인들 조차도 해석이
어렵다고 하는 경우가 많다. 줄임 말 습관화로 어떤 직원은 본인이
만든 줄임 말로 보고서를 작성해서 무슨 뜻인지 다시 물어봤던 적
도 있다.

· **Pak ogah** (빡오가, Pak은 영어의 Mr.급이고 Ogah는 동전을 의미)
Pak은 남자 어른을 지칭하는 가장 격식있는 호칭이고 Ogah는 옛
날 동전의 단위로써 현재는 너무 단위가 작아 거의 사용하지 않고
있다. 예전에 골목에서 나올 때 길을 봐주는 남자들에게 Ogah를
주곤 했었는데 요즘은 1000루피아 지폐를 줘도 시큰둥한 모양이니
물가가 엄청 오르긴 한 것 같다. 빡오가는 골목길에서 큰길로 나갈
때 길목에서 차를 통과할 수 있도록 반대쪽 차선을 몸으로 막고 길
을 터주는 사람을 가리키는 말이다.

· **Joki** (조끼, 단어 뜻 없음)는 차량 3인 이상 탑승 해야 하는 시간
대에 탑승객 역할을 해주고 돈을 받는 사람을 일컫는다.

· **YTH** Yang Terhormat 영어의 Dear. 친애하는, 존경하는의 해당.
YTH으로 시작하는 메일, 문자를 많이 받게 된다.

· **Pemulung**은 폐지 줍는 직업을 가진 사람이다.

· **SemBako** 라는 단어를 신문에서 본 적이 있다. 인도네시아어 사전을 검색해도 없어서 직원에게 물어보니 Sembilan(아홉, 9) Bahan (원료, 재료, 성분) pokok(중요한)에서 온 말이다. 단어를 분석하자면 아홉 개의 중요한 재료 란 뜻이다.
 - Beras (쌀)
 - Jagung (옥수수)
 - Kedelai (콩)
 - Gula (설탕)
 - Minyak Goreng (식용유)
 - Bawang Merah/Putih (적/흰 양파)
 - Daging Beku dan Daging segar　(냉동 및 신선 소고기)
 - Daging Ayam　(닭고기)
 - Telur Ayam　(달걀)

· **Beringin**은 줄기들이 바닥으로 늘어져서 하늘하늘 거리는 벤자민 고무나무의 인도네시아어 이름이다.

· **Yan sui**는 베트남 쌀국수 식당에 가면 국수에 넣어주는 향이 강한 채소로 우리나라의 고수이다.

· **Emping** 인도네시아에서 파는 한국의 알새우칩 비슷한 맛이 나는 과자. 실제로 인도네시아에서 거주하다 보면 자주 보이는데 사전에도 없어서 궁금해서 기사나 현지직원에게 물어봐서 따로 메모해 둔 단어들이다. 향후 업그레이드 된 인니어 사전에는 포함된 것도 있는 것 같다.

#공부 팁 세 가지

· Lawan Kata

처음 모르는 단어를 알고자 할 때 이 단어의 반대말이 뭔가요?
질문하면 일거양득으로 새로운 단어 습득에 도움이 많이 됐다.

· 인도네시아 단어 사전

인도네시아에 처음 발을 딛기 전에 한국에서 공부하려고 핸드폰
에 설치해둔 '까무스데' 앱. 오프라인에서도 사용할 수 있어서 정말
유용하다. 모르는 단어 나올 때마다 찾고 저장해서 단어집처럼 한번
에 살펴볼 수 있다. 틈틈이 암기하기 편리하다. 나의 인도네시아 공
부의 7할은 이 앱인 것 같다. www.kbbi.web.id 인도네시아 사전인
데, 상세한 뉘앙스 차이도 살펴볼 수 있다. 기타로 pagi.co.id는 인
도네시아 뉴스들을 한국어로 볼 수 있는 한인 뉴스 사이트다.

· 유튜브로 인도네시아어 공부하기

세상이 정말 참 좋아졌다. 인터넷으로 세계 각 나라 언어로 된 방
송을 무료로 시청 할 수 있다니. 늘 감사하다. 인도네시아에 있을
때, 그리고 인도네시아를 떠난 뒤에도 틈틈이 보는 시트콤 〈Kelas
international〉. 사무실 직원에게 인도네시아어로 된 시트콤을 추천
해 달라고 해서 알게 됐다. 다국적 학생들이 모여있는 교실에서 인
도네시아어 수업이 이뤄지는 내용인데 자주 쓰이는 일상 회화를 쉽
게 배울 수 있다.

4.6 값비싼 병원

타지에서 외국인으로 살다 보면 아플 때마다 바로 병원에 가서 어디가 아픈지 얘기할 수 있고 신속하게 처방 받을 수 있는 한국의 의료시스템이 그립다. 외국에서는 속 시원하게 어디가 아픈지 말하는 게 참 어렵다. 휴가 때마다 한국에 가면 병원 방문 특히 치과 검진은 필수다.

내과: 한국에서는 아파서 병원 갈 일이 거의 없었는데, 인도네시아에 온 초반에는 배탈이 자주 날 뿐만 아니라 장염 증세로 자카르타에 있는 한인 병원에 몇 번 찾아 갔었다. 병원비는 한화 10만원 정도인데 간단한 링겔 비용 포함이다. 인도네시아에 살면 한국에서와는 다르게 주위에서 피부병이나 대상포진에 걸렸단 이야기를 종종 듣게 된다. 드물지만 모기로 전염되는 뎅기열로 인해 일주일 정도 병원에 입원한 경우도 봤다.

안과: 사무실에서 컴퓨터를 많이 사용해서 그런지 눈이 건조할 때 자카르타에서 유명한 안과에 몇 번 갔었다. 병원에서는 맨 처음 통과의례처럼 시력 한번 재 주고 이후에 만난 의사가 씻지 않은 맨손으로 눈꺼풀을 한번 뒤집어 살핀다. 예약했음도 기다리는 시간은 최소 한 시간에 진료시간은 대략 10분 진료비는 한화 7~10만원. 눈에 넣는 일회용 안약 처방 받아서 집에 와서 넣는 게 치료의 전부다. 회사에서 병원비를 지원해 주지만, 그래도 아까운 마음에 한국에서 휴가 때마다 가져온 일회용 안약을 유용하게 썼다.

치과: 인도네시아에서 치과는 한번도 간 적이 없다. 안 좋은 이야기를 몇몇 들었는데 예를 들면, 자카르타에서 사랑니를 뽑는데 45만원이란 비용도 크지만, 무엇보다도 뿌리가 완전히 제거되지 않아서 결국 한국 가서 제거해야 했다는 흉흉한 이야기들. 스켈링을 포함한 치과 치료는 한국에 귀국 할 때마다 받았던 필수 항목 중 하나다.

낱개로 판매되는 약: 인도네시아 슈퍼나 약국이나 판매되는 약들의 특이점은 낱개 판매가 일상화 돼 있다는 점이다. 그 이유가 뭘까 추측해보니 판매 금액을 낮출 수 있기 때문에 좀더 쉽게 구매할 수 있어서가 아닐까 싶다.

설사약: 설사 할 때 지인 분이 먹으라고 사다 주신 약 'NORIT'. 설명서에 식물 유래 성분으로 1일 3회  6~9알씩 복용이라고 적혀있다. 효능은 설사, 배에 가스 찼을 때, 구역질 날 때, 해독 등이 있다. 이 검은 알약을 먹으면 검은색 변이 나와서 놀랄 것이다.

감기약: Jahe Merah는 슈퍼마켓에서 흔히 살 수 있다. 붉은 생강인데 감기 걸렸을 때 차로 된 제품이나 신선한 붉은 생강을 끓여 마시면 효과가 있는 것 같다. Tolak Anging은 감기약인데 효과가 강한 대중적인 약이다.

다래끼약: 인도네시아에서 발견한 강력한 항염제. 다래끼가 나려고 눈이 부어 있길래 식후 한  알씩 5일 가량 먹었더니 금새 가라앉았다.

4.7 헬스 클럽

자카르타의 고급 아파트라면 일반적으로 수영장과 실내 체육관이 있다. 아니면, 호텔 수영장이나 백화점 내에 있는 헬스클럽 회원권을 끊어 운동을 다닐 수도 있다. 호텔에서는 자체로 숙박권+뷔페 이용권+수영장+헬스클럽 패키지를 매년 판매하고 있다. 가족과 함께 거주하시는 교민 분들은 이 회원권을 많이 이용한다. 자카르타의 유명한 두 개의 헬스클럽 중 한 곳을 다녔었는데 운동복도 빌려주고 샤워 시설도 있다. 하지만, 퇴근하고 엄청난 교통대란으로 왕복 두 시간을 다녀올 정도는 아닌 것 같아서(자카르타의 교통체증은 주차장 급이다. 너무 지쳐서 퇴근하면 집으로 곧장 가는 게 최고 좋았을 정도) 기본 3개월이 끝난 뒤 연장하지 않았다.

*자카르타 헬스장: 회원제로써 기간별 단위로 가격이 정해져 있다. 몰에 입점 된 형태가 많다. 한곳만 지정해 다닐 수도 있고, 모든 체인점 다 다닐 수도 있는데 가격차이가 크지 않다. 하지만 어차피 교통체증이 너무 심한 자카르타에선, 거의 동네 헬스장만 다니게 된다.

4.8 마사지 천국

처음 인도네시아 자카르타에 도착해 전통 발 마사지 가게를 갔던 때가 생생하다. 어두침침한 조명과 전통 문양이 음각된 나무 벽 장식들, 실로폰의 맑은 소리처럼 느껴지는 전통 악기 Gamelan(가믈란) 연주 소리와 코끝에 은은히 다가오는 천연 오일의 향, 친절하고 환한 웃음으로 맞이하는 전통 복장을 입은 직원들. 아직도 가끔씩 자주 가던 마사지 샵의 인도네시아 전통 음악(마치 실로폰 소리처럼 맑은 소리)을 흥얼거릴 때가 있다. 인도네시아의 쇼핑몰 대부분에는 손님들을 위한 건전 마사지 체인점이 입점 돼 있다. 건전 마사지 체인점의 가격은 시간당 한화 1~2만원 정도로 형성 돼 있다. 마사지사에게 팁을 줄 때는 돈이 안 보이게 손으로 접어 쥐고 주는 게 일반적이다. 마사지사들은 팁을 기대하는 경우가 많으며, 배웅하면서 노골적으로 팁 달라고 손 내미는 경우도 가끔 있다. 팁을 미리 주면 서비스가 훨씬 좋을 것이다.

#Mitra Sehat (미뜨라 세핫, 건강한 친구)
몰에 입점 돼 있는 체인점. 구글맵으로 검색하면 영업시간, 전화번호, 위치가 표시된다. 남녀 공동으로 큰 홀에 커텐으로 개인 공간 분리해 놓은 구조라 심하게 코를 골거나, 핸드폰이 울려서 민폐 주는 경우도 있다. 공용 에어컨으로 개인적으로 너무 추웠으며 마사지사가 엄청 많이 있고 리셉션 직원에게 원하는 마사지 강도를 말하면 마사지사를 추천해 준다.

#Meiso
발 마사지를 잘한다. 처음에 자리에 앉으면 Bedak(브닥, 파우더)으로 할건지 Lotion이나 Oil로 할건지 묻는데 파우더가 개인적으로 제일 괜찮았다. 주말 같은 경우 예약하기 어려울 정도로 거의 늘 손님이 꽉 차있다.

#Martha Tilaar

조금은 럭셔리 한 기분을 내고 싶을 땐 Martha Tilaar 스파 마사지 추천. 보통 한화 4만원 정도다. 더 비싼 것도 있고 하루 종일 보낼 수 있는 풀 패키지 및 식사도 판매한다. 체인점이고 인터넷에 Martha Tilaar 라고 검색하면 위치가 나오는데, 스파 관련 상품만 파는 곳도 많으므로 미리 전화로 마사지 및 스파도 하는 곳인지 확인하고 예약 하면 된다. Martha Tilaar 매월 18일에는 20% 할인된 가격으로 미리 마사지 권을 구매할 수 있으며 유효기간은 2주 이다.

20150822토 일기

일주일 내내 기다린 Martha Tilaar. 이번엔 Dewi Sri Spa 150분 코스를 받았다. 저번 주 18일에 20% 할인해서 미리 사놓은 바우처로 ㅋㅋ 150분 + 이어캔들 30분= 3시간 스파 받고 헤어 1시간10분 가량 받고, 헤어는 첫날 했던 사복 입은 스타일리스트가 제일 잘하는 것 같아서 다음부터 고정해달라고 했다. Anti Rontok의 그 시원한 느낌이란~ 받는 시간이 왜 이리도 빨리 지나가는 걸까.. 이 맛에 인도네시아 생활이 즐거운 거 같다. 문득 한국과 달리 여기서는 여왕 대접 받고 마사지 받고 어디서든 친절한 대우받고.. 아.. 이렇게 좋은 삶에 다시 한국 가서 살라고 하면 여기가 그리울 것 같단 생각이 들었다. 나중에 미국이든 유럽이든 어디에서도 여기 만한 곳이 없겠지.

#Relax Living

끄망(Kemang)지역에 위치한 스파 마사지. 영업시간은 밤 10시까지라 퇴근 후에 가도 충분하다. 입구에 메뉴 판이 있고 별 기대 없이 가봤는데 생각보다 친절하고 시설도 괜찮았다. 여자 탈의실에 화장실과 샤워실 작은 사우나가 있고 우리나라 대중목욕탕처럼 입구에서 받은 열쇠로 개인 사물함을 열면 그 안에 슬리퍼와 가운, 일회용 팬티 등등이 있다. 프라이빗 룸 선택 시 가격이 좀 더 비싼데 프라이빗룸 크기가 고시원만하다. 방문 열면 바로 침대 부분과 거의 맞닿아 있을 정도로 엄청 작아서 답답할 정도라 별로 추천하고 싶지 않다. 그리고 도로 가에 있어서 차 소리 씨끄럽고 복도 말소리가 들려서 마사지의 핵심인 숙면을 취하기 어렵다. 차라리 일반 커튼으로 나뉜 공용룸이 효율적이다. 프라이빗 선택할거면 가격대비 Martha tilaar 가 훨씬 낫다는 생각.

#자카르타에서 때밀기

한국식 때밀이 여성전용 사우나 NanoBeauty(Beautysharp). 현지 아줌마 또는 할머니들이 엄청 시원하게 때를 밀어 주신다. 한국식 찜질방처럼 생긴 건식 사우나실만 이용 시 3만루피아(2018년). 사우나+때밀이는 16만루피아 정도 였고 얼굴에 오이를 갈아서 올려 주는 서비스는 1만 루피아 추가다. 팁은 종이에 금액 적고 싸인 하라고 하는데 다른 사람들이 팁 많이 적어놓은 종이가 막 잘 보이는 위치에 놓여져 있어서 살짝 부담스럽다. 그래도 금액 자체가 저렴하니 추천할 만한 곳. 아쉬운 점은 오후 6시까지 영업으로 4시 전에 입장해야 때밀이 가능해서 퇴근 후에는 이용 못한다. 작은 간이 매점도 운영하고 있다.

사우나 뒤에 마시는 딸기 우유 맛이 최고다. 자카르타에는 딸기 우유와 초콜릿 우유가 있는데 바나나 우유는 흔치 않다. 바나나가 엄청 저렴하고 인도네시아 곳곳에서 흔히 볼 수 있는게 바나나 나무인데 왜 정작 바나나 우유는 없는지 의문. 한국의 바나나 우유 맛이 그리운 날에는 한국 슈퍼로 향한다.

4.9 미용실

파푸아 미용실: 처음 인도네시아에서 미용실을 방문한 곳은 파푸아였다. 벤쫑이라 불리는(여자로 꾸민 남자) 미용사가 혼자 운영하는 당시 마을에 단 하나뿐이던 미용실이었다. 인도네시아에는 여성스러운 남자분들이 여자처럼 꾸미고 미용실을 운영하는 경우가 종종 있다. 이 곳도 단발머리에 화장하고 치마를 입은 미용사가 있었는데 입 가리고 웃는 거며 손짓들이 상당히 여성스러웠다. 엄청 상냥하고 친절하고 마음씨도 착해 보였다.

바땀섬 미용실: 바땀 섬에 여행 갔을 때 미용사가 가격표를 건내 주는데 선택하는 디자이너마다 가격이 달랐다. 가장 비싼 프로페셔널 선택 했더니 가위 대신 바리깡으로 뚝뚝 일직선을 따라 머리카락을 잘라낸다. 난생 처음으로 바리깡 커트를 해보는 경험.

자카르타 미용실: 자카르타에 성업중인 미용실에는 한국식 사우나도 함께 운영하고 있으며 심지어 때밀어주는 분도 계신다. 한국 손님 및 외국인 손님도 많다.

*미용실 이용 팁1
미용실에서 헤어 스파나 네일 스파 마사지를 겸하는 곳이 많으며 대부분 친절하나 대충하려는 직원도 간혹 있다. 성업 중에 갑자기 문 닫는 곳도 많으니 쿠폰이나 포인트는 되도록 즉시 사용하는게 좋다.

*미용실 이용 팁2
샴푸 후 단순 머리 말리기는 Kering(건조) 이라고 말해줘야 무료로 서비스를 받을 수 있다. Dry 해달라고 하면 전문가가 와서 드라이해 주며 비용이 발생한다.

4.10 독립 카페들

인도네시아는 커피 주 생산지로써 지역별 다양한 종류의 특산 커피가 있다. 사람들이 커피를 매우 즐겨 마시고 길거리 커피 판매대와 개성 있는 고급 카페가 많이 보인다. 자카르타에 스콜 비가 내리던 날, 카페에 앉아 창문 밖 초록 풍경과 오토바이 물결을 보며 언젠가는 이 순간이 그리워 질 것 같다는 생각이 들었다. 어둑어둑한 먹구름에 흐려진 풍경과 쏟아지는 빗소리와 넘실대는 열대의 잎사귀들이 오래 기억될 것 같다.

[Anomali 커피 체인점]

세노파티(Senopati) 길에 있는 아노말리 카페. 인터넷에 anomali coffee 검색하면 곳곳에 있는 체인점 위치와 영업시간을 확인할 수 있다. 커피관련 용품들을 판매하며 쉰 맛 나는 독특한 또라자 커피 등 인도네시아 각 지역 특산 커피들을 구매할 수 있고 원두를 구경할 수 있다. 자카르타는 건물 중간에 하늘을 보게끔 개방된 형태의 카페가 많다.

[스타벅스]

쇼핑몰마다 거진 다 입점해 있는 스타벅스. 라마단 기간에는 메뉴판에 Ramadhan 특선 메뉴도 있다. 맛있는 스타벅스 빵. Beef Filone과 Smoked Beef Mushroom & Cheese Panini를 전자렌지에 데워 먹으면 특히 맛있는 것 같다. 진열장 안에 엄지손톱만한 바퀴벌레가 돌아다니는 걸 본 후로 안 먹었지만.

제5화 인도네시아 먹거리

5.1 현지 식당 빠당

인도네시아는 손으로 밥을 먹는 모습이 흔하다. 식당 내부에는 손 씻는 세면대가 있어 손을 씻고 바로 밥을 먹기 편하다. 일부 식당은 작은 대접 크기의 그릇에 물을 담아 테이블 위에 올려 놓는다. 손 씻는 물인데 가끔 먹는 생수로 착각하고 벌컥 마시는 모습이 종종 목격 된다. 인도네시아에서 흔히 볼 수 있는 유리 창가에 음식이 든 접시들을 쭉 진열해 놓은 빠당 음식점들은 수마트라 북쪽 Padang 지역에서 유래 돼 이름이 붙었다. 자카르타에는 거리의 허름한 빠당 식당부터 백화점에 입점한 고급스러운 빠당 체인점까지 다양한 식당이 있다. 흰밥에 Sambal Ijo 양념을 비벼서 닭다리 튀김과 먹으면 매콤하고 짭짤한 맛이 중독성 있다. 빠당집 맛은 고추를 짓이겨으깬 양념인 삼발(Sambal)이 결정한다. 빠당 식당마다 다양한 맛의 삼발을 선보이는데, 필수 재료인 고추를 기본으로 하여 토마토, 마늘, 소금, 후추로 간을 한다. 추가로 작은 멸치 같은 생선이나 기타 재료를 넣기도 한다. 우리나라의 고추장 급이라 밥에 비벼 먹으면 더운 날씨에 사라졌던 입맛이 살아난다.

#길거리 빠당 식당

로컬 빠당집은 대부분 에어컨이 없다. 자카르타 외곽 Tangerang 지역의 어느 골목길 빠당 식당. 창가에 음식들을 진열해 놓았다.

중급 빠당 체인점

· Sari Mande

배부르게 먹으면 1인당 10만 루피아 정도 나오는 중급 빠당 체인점으로 초록색 Sambal(쌈발, 고추 양념)이 정말 맛있다.

가지 볶음　　　　　　　　　　파파야 꽃

· Sari indah 빠당
자카르타 현지인들 사이에서 닭 튀김이 매우 유명하다. 점심 식사 때면 사람이 늘 가득 차 있어 대기 시간이 필요하다.

#고급 빠당 체인점 'Sari Ratu' (Sari=핵심,꽃 Ratu=왕)

백화점에 입점한 에어컨 있는 고급 빠당 체인점 'Sari Ratu'

내가 제일 좋아하는 메뉴
· Sambal ijo (초록 고추 양념),
· Ayam Goreng Paha (닭다리 튀김),
· Terong (가지 볶음),
· Bunga Popaya (파파야 꽃),
· Daun labu (호박 잎)

Sambal Ijo. 빠당 식당의 가장 기본이 되는 고추 양념. 우리나라의 고추장처럼 밥에 비벼 먹는다.

Daun Singkong(카사바 잎). 쌈발과 함께 비벼 먹기 좋아 빠당 식당 주 반찬 중 하나이다. 인도네시아 현지인들은 이 이파리가 스테미너에 굿! 이라며 엄지를 척 내민다.

Ikan Biris(이깐 비리스). 씹는 순간 바삭 소리가 난다. 우리나라 멸치 볶음 반찬과 비슷한 메뉴

삶은 계란. 개인적으로 노란색 양념 국물은 잘 안 좋아하지만, 만약 노랑색 국물만 먹고 계란 안 먹으면 공짜라는 사실! 그러나 한편으론 다른 테이블에서 국물만 따라 먹고 남긴 계란이 우리 테이블로 올 수 있다는 현실.

인도네시아 국민 반찬인 Ayam Goreng(아얌고랭, 튀김 닭). 가슴 살과 닭다리 살 중 랜덤으로 갖다 주므로, 닭다리 살로 먹고 싶으면 'Ayam(아얌, 닭) Greng(고랭, 튀김) Paha(빠하, 허벅지)' 라고 하면 된다. 인도네시아에 온지 얼마 안되는 분들은 Ayam Greng Kaki(닭 발)라고 하는 경향이 있다.

*Ayam goreng dada (닭 가슴살 튀김),
*Ayam goreng Sayap (닭 날개 튀김)

백숙 느낌으로 하얗게 삶은 닭은 Ayam Pok(삶은 닭)

Rendang(른당, 소고기 장조림)은 우리나라 장조림과 비슷하다. 른당도 빠당집 마다 맛이 다르며, 품질에 따라 질긴 것부터 부드러운 것까지 각양 각색 이다. 식탁에 차려 진 반찬 중 먹은 것만 계산하고, 안 먹은 것은 다시 가져간다(다른 테이블에서 티 안 나게 살짝 집어 먹었을 위험이 도사림). 한국 같으면 반찬 재탕한다고 엄청 싫어할 텐데 여기선 엄청 자연스러운 문화이다.

#인도네시아 전통음식 Sup buntut

우리나라의 소 꼬
리 곰탕과 비슷한
맛이다. 꼬리뼈에
붙어 있는 살코기가
말랑하고 부드럽다.
설렁탕이 먹고 싶은
날 대신 먹으면 비
슷한 느낌이라 포만
감을 준다.

#주문 황당 일화

인도네시아 식당에서 황당했던 몇 가지 일화를 소개한다. Nasi
goreng은 인도네시아식 볶음밥
으로, 외국인들도 매우 좋아하는
현지 대중 음식 중 하나이다. 식
당에서 나시고랭과 밥이 포함된
꼬리 곰탕을 주문했는데 쌀밥만
계속 안 나와서 직원을 불렀다.

"밥은 언제 나오나요?"
"아 흰밥 드시게요? 나시고랭 있어서 일.부.러. 밥 안 드렸는데"

나시고랭이 있어서 밥은 안 먹을 줄 알고 안 가져왔다고 한다. 주
문한 메뉴를 직원 자체 판단으로 안 먹을 줄 알고 안 가져 왔다고
하니 황당했다. 한국에서는 거의 겪어보지 않는 일이지만 문화 차이
가 있을 수 있으므로 웃으면서 메뉴에 포함된 밥도 갖다 달라고 하
니 그제서야 밥을 가져다 준다.

5.2 간식

식모에게 용돈을 줄 때는 보통 Uang Jajan(간식 비) 이라고 한다. 인도네시아의 길거리 간식은 더운 날씨 탓에 변질을 우려해서인지 뜨거운 기름에 튀긴 간식류가 주를 이룬다.

Bubur Ayam 닭죽 판매대   **닭죽 한그릇**

Bakso 미트볼 비슷

Otak Otak   오뎅

Onde-onde: 우리나라의 찹쌀 도넛에 깨 바른 것과 비슷하다.

Martabak 계란말이
두툼한 계란말이 모양으로, 엄청난 칼로리가 뚝뚝 종이에 묻어나온다.

Nasi Pedah
바나나 잎에 싸여진 매콤한 양념과 반찬과 밥, 짭짜름하고 매콤한 맛이 중독성 있다.

Bakpao 인도네시아의 호빵

삶은 계란이 통으로 들어가 있는 영양 만점 호빵이다. 안에 들어가는 재료는 요리사 마음이다.

Rujak 과일샐러드

인도네시아식 과일샐러드. 열대 과일이 가득한 Rujak에는 달달한 땅콩 소스를 뿌려 먹는다.

Capcai 짭짜이

각종 채소와 해산물, 닭고기 등을 넣은 하이라이스 느낌의 반찬. 밥과 비벼 먹으면 짭짤한 맛이 입맛을 돋운다.

Jamu 전통음료

길에서 가끔 인도네시아 전통 건강음료 자무를 파는 아낙들을 볼
수 있다.

Sate 꼬치

국민 꼬치, 길거리 곳곳에서 연기를 내며 꼬치를 구워 파는 행상을
흔히 볼 수 있으며 대부분 로컬 식당에서 볼 수 있는 메뉴이기도
하다.

Kue Lapis 인도네시아 빵

Kue= 과자, Lapis=층, 줄, 열 이 란 의미다. 처음에 맛있게 생겨서 먹어보고 자주 먹었던 인도네시아 빵

기타: 마른 오징어 호치키스 포장 조심, 한국의 마른 오징어가 먹고 싶을 때는 대신 인도네시아 Kijang산 마른 오징어를 먹을 수 있다. 생긴 건 한국 오징어보다 더 날씬한데 맛이 한국의 마른 오징어와 매우 비슷해서 구워먹거나 살짝 끓는 물에 데쳐 먹으면 맛있다. 하지만 포장용 플라스틱 비닐과 오징어 살에 호치키스가 많아 반드시 조심해서 살펴보고 먹어야 한다.

5.3 열대과일 천국

과일의 제철을 일컫는 말을 'Musim + 과일이름' 이다. 1월은 인도네시아의 극심한 우기이지만, 각종 과일들이 많이 나오는 달이기도 하다. 과일 매장의 메인 가판대를 보며 개인적으로 느낀 과일 제철을 떠올려보면 1분기에는 아보카도, 파인애플, 살락, 발리 귤, 두리안, 람부탄. 2분기에는 망고스틴 3분기에는 케슈, 멜론 4분기에는 망고인 것 같다. 물론 지역마다 차이가 있다. 연중 나오는 과일은 잭프룻, 파파야, 바나나, 시르삭, 잠부가 있다.

종류별 다양한 망고 구경

자카르타 슈퍼에 가면 망고 코너가 따로 있을 정도로 망고의 종류가 다양하다. 망고 모양도 맛도 가격도 종류별로 다양해서 구경하는 재미가 있다. 크기는 애기 주먹만한 것부터 성인 손바닥만한 것까지, 색상은 노란빛, 주황빛, 분홍빛, 초록빛까지 천차만별이며 가격의 범주도 꽤 넓다. 망고 시즌에는 매우 저렴한 가격으로 달달한 망고를 마음껏 먹을 수 있다. 개

인적으로 동글동글하고 노란빛이 도는 망고를 제일 좋아하는데, All fresh 과일 전문 슈퍼에서 사면 해당 한화 4천원 정도로 좀 더 비싸다. 대중적인 슈퍼나 시장에 가면 훨씬 저렴하다. 초록빛의 타원형 망고는 한국에서 주로 보이는 망고인데 종류는 'Harum Manis(Harum=향기, Manis=단, 감미로운, 달콤한)'이다. 그러고 보면 한국은 과일도 예쁜 과일만 주로 보인다. 외모 중시가 과일에 까지 영향을 끼친 걸까! 하지만 인도네시아 과일 매장에서는 못생기고

깨끗하지 않은 과일도 잘 팔린다.

귤. 귤은 인도네시아 생산지역 이름을 딴 폰티아낙 귤과 메단 귤이 중심을 이룬다. 메단 지역 화산폭발이 일어나면 재를 뒤집어쓴 귤 그대로 판매되기도 한다. 맛은 한국산 귤과 비슷하다.

석가두. Dragon Fruit(용과) 용머리 같이 생긴 것 같기도 한 과일. 빨간색과 하얀색의 두 종류가 있다. 인도네시아어로는 'Buah(과일) Naga(용)'. 껍질 안 쪽이 부드러운 벨벳 같은 느낌이 든다.

마르끼사. 비타민이 풍부한 새콤달콤한 맛의 과일. 원액으로 만들어 물에 타 먹기도 한다.

람부탄. 선홍색 빛을 띠고 과일이 붙어있는 가지 채로 파는 게 제일 향이 신선하고 달달하다.

망고스틴. 세상에 이렇게 뽀얗고 맛있는 과일이 지구상에 있다니! 놀라게 만든 과일. 개미들이 망고 꼬다리 뒤쪽에 달라붙어 숨어있다. 내가 가장 좋아하는 과일 망고스틴 가격은 2kg에 6만루피아 정도. 철 지나기 전에 최대한 자주 먹으려 노력하는 과일이다. 대중적인 마트나 시장에서 저렴하게 구매할 수 있다. 잘 익은 망고스틴 껍질을 손으로 누르면 살짝 말랑하게 들

어가는데 속 안에 마늘 모양의 뽀얀 하얀색을 띄는 속살이 있다. 껍질이 너무 딱딱한 것은 썩은 것임.

 열매 배꼽의 꽃잎 모양 숫자가 안에 들어있는 열매 낱알 숫자랑 똑같기에 망고스틴을 정직한 과일이라고도 부른다.

20180316금 일기
 직원 뿌뜨리가 동네에서 사온 망고스틴 3kg 잘 먹었다. 달달하고 맛났다. 슈퍼에서 산 건지 물었는데 동네 시장꺼라고. 내가 망고스틴을 좋아하는 걸 알고는 사다 준데서 무거울까봐 괜찮다고 했더니 남편이 차로 아침에 바래다줘서 괜찮데서 그럼 3kg만 사달라 했다. 어제 얘기했는데 오늘 바로 사옴 ㅎㅎ 가격도 1kg에 13,000 루피인가 엄청 싼데 맛나게 잘 먹었다.

파파야. 콜롬버스가 천사의 과일이라고 극찬한 파파야. 인도네시아에서 흔하게 볼 수 있는 파파야 나무는 파파야는 신의 선물처럼 쑥쑥 잘 자란다. 다른 과수는 몇 년씩 기다려야 열매를 맺는 반면 파파야는 심은지 8 개월만 지나면 열매를 맺는다. 줄기 둘레에 열매 여러 개가 맺히고 열매를 다 따면 줄기가 높아지면서 또 열매가 금새 맺힌다. 풍족한 과일. 덕분에 매우 저렴한 국민 과일 중 하

나로 뽑히며, 한화로 몇 백원~ 몇 천원 정도면 잘 익은 파파야를 살 수 있다. 파파야는 냉장 보관 시 하루 이틀 내내 먹을 수 있다. 껍질을 벗기기도 매우 쉽고 수박처럼 반 쪼개서 숟가락으로 파먹을 수도 있다. 파파야는 고기를 부드럽게 해주고, 식후 간식으로 소화를 돕는다. 현지 여자분들 말로는 어릴 적부터 파파야를 먹어서 몸매가 좋다고 한다. 효능이 어떤가 싶어 매일 파파야를 먹어 봤는데 확실히 소화도 잘되고 여러모로 좋았다. 다만, 개인적으로 갑자기 탈모 증세가 온 것 같아 무리해서 먹지 않게 된 과일이다. 뭐든 적당히 먹는 게 좋은 것 같다.

*주의: 씨앗은 딱딱해서 못 먹음

아보카도. 천연 버터로 불리는 아보
카도. 반으로 쪼개 씨앗 제거 후 숟
가락으로 쓱 긁어내어 천연 꿀과
섞어 먹는다.

낭까. 일명 잭프룻이라고 불리는 세계에서 가장 큰 과일이다. 인도
네시아 현지 빠당(인도네시아 현지 음식 뷔페)을 먹으러 가면 삶겨
서 노랗게 양념된 반찬으로 접시에 담겨 나온다. 생으로 바로 먹기
도 하는데 달달하고 쫄깃한 맛이 난다. 씨앗은 삶아서 반찬으로 과
육과 함께 양념에 묻혀 먹을 수도 있다.

케슈. 케슈가 어떻게 생기는지 인터넷으로 검색해보고 놀란 적이 있
다. 피망처럼 생긴 예쁜 열매 아래쪽에 케슈가 노출 돼 매달려 있었
으니까! 족자카르타 출신 현지 직원이 고향에 다녀올 때마다 고향에
케슈 농장이 있다면서 볶은 케슈를 매번 선물로 갖다 줬는데 덕분
에 매일 아침 식사를 케슈로 대신 하였다.

시르삭. 요구르트 맛이 난다고 추천 받은 과일이다. 현지 분들 말로는 구충제 역할을 한다고 해서 가끔 식당 가면 시켜 먹는데, 정말 약간은 요거트 아이스크림 맛이 나는 것 같다.

살락: 뱀 껍질처럼 생긴 신기한 과일인데 안에 과육은 하얗고 아삭하며 딱딱한 구슬 같은 씨앗이 가운데 있다. 씨앗은 먹을 수 없다.

바나나 인도네시아의 바나나는 종류가 참 다양하다. 그 중에서 가장 맛있게 먹었던 바나나를 꼽으라면 'Pisang(바나나) Ambon(암본, 인도네시아 섬 이름)'. 씹는 맛의 밀도가 높으며 가운데 씨앗 있는 부분 없이 전체가 폭신한 살로만 이루어진 바나나다. 평소에 바나나를 좋아하지 않던 사람이라도 한번 이 바나나를 먹으면 두 개 이상은 연속으로 먹게 되는 맛이다. 정말 엄청 맛있어서 한번 자카르타에 초청했던 가족들이 요즘도 가끔씩 이 바나나를 기억하고 이야기 할 정도. 매장에선 거의 보기 힘들고 길거리 농부들에게서 구입할 수 있다.

두리안. 10월부터 2월까지 두리안 수확철에는 과일 가게 입구에서 부터 달달한 두리향 향이 솔솔 난다.

과일가게 매장 전체가 두리안의 진한 향으로 가득 차 있고 Ranch Market에서는 두리안 판촉행사 중이다. 시식 한번 하고 달달한 맛에 충동 구매한 두리안. 시장에선 훨씬 더 저렴한데 나름 고급 슈퍼라 작은 두리안 한통에 무려 27만 루피아(약 한화 2만5천)다. 여기 인도네시아에서도 비싼 과일인 과일의 왕 두리안. 한국은 더 비쌀 거 같아서 일단 구매. 언제나 봐도 귀엽고 신기한 두리안. 뾰족뾰족한

가시를 만져보면 딱딱해서 도깨비 방망이 무기 같지만 생긴 것과 달리 달달하고 엄청 부드러운 과육이 있다. 칼로 수박처럼 반으로 쪼갠 후 살만 살며시 들어내는데 보통 과일 한 통에서 여러 덩이의 살들이 나온다. 친구에게 사진 보냈더니 꼭 빵 같이 생겼다고 평가한다. 냉장고 보관 시에는 하루 내 먹어야 젤 맛있고, 꽁꽁 비닐봉지로 동여 맨다 해도 향이 냉장고나 방에 쉽게 밴다. 로컬 두리안은 종류도 다양하고 가격대로 다르다. 메단 지역에서 나오는 'Durian

Medan'과 좀 덩치가 더 커 보이는 'Durian monthong'이 있다. 수입품은 가격이 더 비싸고 딱히 맛에서 월등히 앞서는 것도 아니기에 로컬 두리안이 가성비가 더 좋은 것 같다. 여러 종류의 두리안을 비교하며 먹어본 바, 살 가운데 있는 씨앗이 커서 살은 별로 없는 종류도 있고 씨앗이 작아 살이 많이 달라 붙어 있는 것도 있다. 종자별, 생산 지역별로 가격대가 다르고 맛도 조금씩 다 다르지만 중요한 것은 뭘 먹어도 다 맛있다는 점. 다만 고혈압 환자 및 술과 함께 먹으면 위험할 수 있다고 하니 적당히 디저트로 즐기는 게 좋다.

과일 매장의 특이점

#1. 과일을 비닐랩으로 꽁꽁 감싼다. 벌레 때문 일지도 모르지만 과일은 수확 후에도 숨을 쉬는데 보존 기간은 늘릴 수 있다고 쳐도 보는데 답답해 보인다. 비닐에 꽁꽁 감싼 과일은 한국과는 또 다른 풍경이라 언제 봐도 생경한 느낌.

#2. 매달린 바나나들. 인도네시아는 매달아 놓고 판매를 하는 좌판이 많다. 기승을 부리는 다양한 개미나 벌레 때문 일수도 있고 기온이 높다 보니 바람이 잘 통하라고 그런걸 수도 있다. 어쩌면 수확 후에도 계속 익어가는 후숙 과일인 바나나를 오래 보관하기 위해 에틸렌 가스의 영향을 최대한 덜 받게 만드는 지식을 생활 속에서 터득한 것일 수도 있겠다.

#3. 한국산 자두 가격이 엄청 비싸다. 그럼에도 불구하고 맛있어서 사먹게 된다.

#4. 인도네시아는 고구마가 세상 맛있는 것 같다. 구운 고구마에서 꿀이 뚝뚝 흐른다. 가격도 저렴해서 세 개에 한화 천원 가량. 원조 꿀 고구마. 다만, 사와서 냉장고에 바로 안 넣고 방에 두면 작은 개미떼들의 공격을 받는다.

5.4 자카르타 한식

#한식당

자카르타에는 한식당이 많아 한식을 종류별로 잘 먹을 수 있다. 대부분의 한식당은 물과 식후 간단한 과일, 커피 등의 디저트가 무료로 제공된다. 처음엔 가격이 비싸 보이지만 물값 반찬 값 따로 받는 현지 식당과 비교하면 결국 비슷하다.

인도네시아 한식당의 특이점 중 하나는 고기를 식당 종업원이 구워 준다는 점이다. 풍부한 노동력을 감당하기 위해 인도네시아에는 필요한 작은 일들 마다 담당하는 직원들이 고용된다. 그런데, 재미있는 사실은 삼겹살을 시키면 잘 구운 뒤에 지방과 살 부분을 따로 잘라 접시에 담아준다는 것이다. 놀라서 살 부분과 지방 부분이 같이 있도록 세로로 잘라 달라고 요구한 적이 있었는데, 다른 식당에서도 지방과 살을 따로 분리해서 잘라주는 걸 보고 매번 한국식으로 자르는 방향을 알려줘야만 했다. 삼겹살은 삼 겹이 함께 있어야 하는 건데 그걸 한 겹으로 잘라 버리다니. 아무래도 종교적으로 돼지고기를 안 먹기에 삼겹살이 익숙하지 않아서 그런 것 같단 생각이 든다.

#한국 슈퍼

자카르타에는 한국 슈퍼가 여럿 있다. 한국에 왔나 싶을 정도로 한국 라면, 한국 과자, 한국 아이스크림, 통조림, 각종 소스 류, 김치를 포함한 반찬 류 등 다양한 상품이 있다. 따라서 먹거리 쪽으로는 별로 아쉬울 것이 없다. 단지 흠이라면 가격이 한국과 비교해서 좀 비싼 정도라는 점. 그래도 외국에서 그리운 한국 음식을 구할 수 있다는 사실이 감사하다.

제6화 인도네시아 여행

6.1 자카르타와 근교

#자카르타 모나스 광장

자카르타 도시의 관광명소 중 하나로 광장 느낌이 강하다. 모나스 탑 꼭대기도 올라갈 수 있으며 지하에는 전시관도 있다.

#자카르타 Art 1 뮤지엄

인도네시아 자카르타 북쪽에 위치한 art 1 뮤지엄. 찾아가는 길에 일방통행이 많아 근처에서 차를 뱅뱅 돌며 헤맸다. 택시 이용했다면 요금폭탄 맞았을 위치. 로비에서 뮤지엄+갤러리 입장권 구매. 새 건물이라 그런가 다른 미술관에 비해 좀더 비싸서 영화관람료와 비슷한 7만5천 루피아(2016년)고 입장권 구매 시 음료 하나 제공한다. 1시간 정도 구경하고 음료 마시며 의자에 앉아 쉬었다.

인도네시아 미술관이나 박물관에는 우리나라에선 본 적 없던 괴기스러운 그림이나 다시 떠오를까 두려울 만한 충격적인 작품이 많다. 아이랑 함께 하기엔 부적절한 편. 그래서인지, 유럽의 미술관이나 박물관에는 유치원 또래 아이들과 함께하는 가족들이 항상 있었는데, 인도네시아에선 연인들이나 친구들만 많이 본 것 같다.

#자카르타 Galeri Nasional Indonesia

자카르타 모나스 광장 근처에 있는 국립미술관. 인도네시아 사람들은 삼삼오오 모여 야외 나들이 하는걸 참 좋아하는 것 같다. 더운 날씨에도 벽에 그려진 화려한 그림 앞에서 사진 찍는 사람들이 많았다. 제한 인원이 있어서 내부로 들어가기 위해 줄 서 있는 사람들. 나의 정서와는 안 맞는 기괴한 작품이 많았다. 꿈에 나올까 실눈으로 쓱 보고 지나가는 정도. 4시즘 되니 문 닫는 분위기였다.

#자카르타 Satria Mandala 박물관

Pacific Place 백화점 근처에 있는 박물관으로 도로변에 위치해서 찾기도 쉽다. 약 한 시간 정도면 여유롭게 박물관 내부와 외부를 구경할 수 있다. 자카르타는 걸을 수 있는 인도가 귀해 거의 몰 안에서만 걸어 다니는데, 이곳에선 야외에서 걸을 수 있다. 입장료도 저렴해서 5천 루피아(2016년)로 한화 약 500원 정도. 건물 안에 들어가면 역대 대통령들 사진과 군 장비들이 보인다. 피크닉처럼 온 가족들이 꽤 많았는데 특히 아이들이 신나 보였다. 도심 속의 공원같이 천천히 걸으며 구경할 수 있는 곳이다.

#자카르타 라구난 동물원 (Ragunan Zoo)

자카르타 남쪽 라구난 동물원 방문기. 오전 10시경 도착하니 선선해서 걷기 좋았다(오후엔 꽤 더워진다). 나들이 온 가족들이 꽤 많다. 입장료는 1인 4천 루피아(2016년)로 매우 저렴한데 동물원 카드(3만 루피아)를 먼저 구입한 후 입장 시마다 지하철 카드처럼 비용 차감되는 시스템이다. 카드 한 개로 여러 명이 사용 가능하다. 입구 쪽에 보이는 홍학들은 햇빛 쬐는 곳에 옹기종기 모여 앉아 깃털을 열심히 부리로 손질 중이었다. 동물원 안에는 베이비 동물원이 있는데 그곳은 동물원 카드에서 2500루피아가 추가 차감 된다. 동물모양 기차 탑승은 1인 7500루피아. 이 기차를 타고 한바퀴 돈 뒤 구경하니 더 좋았다. 코끼리가 엄청 웃겼다. 먹이로 준 풀을 다 먹더니 사람들 쪽을 정면으로 바라보며 오줌을 폭포수처럼 몇 분 가량 뿜어내더니 이어서 큰 똥 몇 덩어리를 연속으로 방출하였다. 동물원에서 처음 보는 진 풍경이었다. 나무 그늘 아래 걷고 싶을 때 피크닉 장소로 좋은 동물원이다. !

#자카르타 근교 따만사파리 (Taman Safari)

동물을 좋아한다면 제일 신나게 다녀올 수 있는 여행. 따만사파리가 가까워지면 길에 즐비한 당근 노점상을 볼 수 있다. 사파리 안에 들어가면 배고픈 동물들이 끊임 없이 차에 다가오므로 당근 구입은 많을수록 좋은 것 같다. 차를 타고 입장하면 코끼리 무리들이 보이고, 얼룩말 무리, 소떼, 긴 속눈썹이 멋진 기린, 하마, 라마, 곰, 호랑이, 코뿔소 등 활동적인 동물들을 구경할 수 있다.

20140713일 일기

  따만싸파리 ~ 신나게 다녀왔다! 정말 재미있었다. 직접 동물 먹이도 주고 사진도 찍고~ 신났다. 일요일을 아주 알차게 보낸 것 같다. 6시40분 출발해서 1시간 경 만에 차 안 막히고 도착하고 4시쯤 돌아왔다.

  슈퍼린도 들러서 음료랑 과일 사고 옆에 일렉트로시티에서 벼르던 분홍 냉장고도 주문했다. 빨리 도착했으면 좋겠다. 따만 사파리는 가족과, 연인과 함께 오면 정말 좋을 것 같단 인상을 받았다. 동물 다 귀엽고, 특히 코끼리랑 기린, 얼룩말이랑, 안고 사진 찍은 오랑우탄, 표범이 인상깊다. 동물들이 편안히 풀을 먹는 모습을 보면 마음이 평화롭고 행복하다.

#자카르타 근교 따만 미니 (Taman Mini Indonesia Indah)

따만미니 너무 덥다. 한번 다녀온 후
로는 그늘이 없어서 안 간다. 땡볕이라
너무 더웠던 기억이 강렬했다.

6.2 블리뚱

1박2일로 두 번 방문한 곳. 해안가와 어디서 왔는지 미스터리인 바위들이 만들어내는 달력 표지 같은 풍경들이 참 아름다운 곳. 자카르타에서 당일치기나 주말 여행으로 가볍게 오갈 수 있다.

#딴중띵기 해변 (Pantai Tanjung Tinggi)

딴중띵기 해변 하나만으로도 블리뚱 섬은 분명 축복받은 섬이란 생각이 든다. 이 광경을 보고, 오래전부터 가고 싶었던 세이셸 공화국의 해변이 떠올랐다. 느낌이 비슷한 것 같다.

유년의 기억을 해변에서 알록달록하게 채워가는 중인 어린 꼬마 숙녀. 나룻배를 타고 놀러 나온 가족의 한가로움. 어린이들의 놀이터이자 수영장이 된 바다. 발에 닿은 물은 심지어 미지근하다. 수영장보다 더 알맞은 수영하기 딱 좋은 온도. 수심이 다 보일 정도로 물이 맑고 투명하다. 물이 하도 맑아서 자세히 들여다보면 투명한 물색의 새끼 손가락만한 물고기들이 열 마리 정도씩 떼지어 놀고 있는게 보인다. 바람이 많이 분다.

　노을이 지려고 황금빛 햇살이 쏟아지던 오후 네 시 이후의 모습이 특히 더 아름다웠다. 파랗던 풍경이 가을 수확 전 황금 벼 색으로 변한 느낌. 이런 아름다운 풍경을 마주할 땐 삶에 감사한다.

#딴중빤단 해변 (Tanjung Pandan)

　딴중띵기 다음으로 기대했던 딴중빤단 해변. 그 이유는 엄청난 새끼 게들과 조개들을 구경할 수 있기 때문이다. 다섯 시 반경 일몰 시작 즈음 해변에 도착. 서서히 해가 지면서 노을이 오렌지 빛깔에서 점차 붉은 빛깔로 바뀐다. 엄마랑 아들이랑 사이 좋게 갯벌체험 하는 모습도 보고. 아빠랑 딸이 함께 조개 캐는 다정한 광경도 보았다. 어딜 가도 아이들과 함께 가족여행하는 모습은 참 보기가 좋다. 이동하는 새끼 게 무리들이 정말 엄청나다. 가까이 다가가면 금새 땅 속으로 숨는데, 잠시 뒤 조용하면 다시 막 기어 나온다.

　호텔 테라스에서 본 딴중빤단 해변의 아침 풍경은 물과 하늘이 거의 비슷한 색이다. 볼리비아 우유니사막 같다고 느꼈다. 구름과 하늘과 바다가 엽서 같이 아름다웠다.

6.3 반둥

한국에는 화산이 없다고 할 때마다, 진짜 활화산이 없냐며 놀란 목소리로 되묻는다. 활화산이 없는게 놀라운 일일 정도로 인도네시아는 활화산이 활발하다. 처음 살아있는 화산 분화구를 직접 보니 참 신기했었다. 다만 반둥의 온천은 나와 맞지 않아 피부가 빨갛게 부었고, 차가 너무 막혀서 동네 내에서 한 시간 거리 이동하는데도 여섯 시간 정도 걸렸다. 아울렛에는 사람이 너무 많아 답답하여 오래 머물 수 없었다.

유일하게 좋았던 땅꾸반화산(Tangkuban Perahu)은 '뒤집어진 배' 라는 뜻을 지녔는데 '상꾸리앙과 다양숨비 이야기' 라는 매우 유명한 국민 민담의 배경이 되는 곳이다. .

20141227토 일기

 완전 최악이다. Gracia리조트에서 1시간에서 1시간반 걸리는 반둥을 6시간 걸려 도착했다. 11시 출발해서 5시경 도착. 최악최악. 길이 막혀서 어떻게 도착 했나도 기억이 안 난다. 초반에 길 막힐 낌새를 눈치 챘어야 했거늘. 그냥 리조트에서 하루 종일 쉴 껄 그랬다.

20141228일 일기

 오늘은 생애 처음으로 화산 구경을 한 날이다. 반둥에 있는 땅구반 화산. Gracia리조트가 화산 가는 초입 즘 있어서 금방 도착했다. 분화구를 보는데 신기했다. 유황 온천 밑으로 내려가서 직접 온천에 발도 담그고 계란도 삶아 먹고 사진도 많이 찍었다.

 진흙팩도 발만 했는데 발이 부들 매끈해졌는데 진흙 어디서 가져오는가 물으니 위에서 퍼온다고 ㅋㅋ 반둥에서 5시30출발해서 10시경 집 도착했다. 밥도 못 먹고 너무 차가 막혀 힘들었다.

6.4 족자

족자카르타는 자카르타에서 비행기로 한 시간 조금 지나면 도착한다. 공항에 내리면 많은 택시 기사 분들이 흥정하러 다가온다. 오전 6시 호텔 픽업부터 12시간 동안 차량 및 운전 해 주는 조건으로 흥정했다. 호텔도 곳곳에 많고 5성급 호텔의 가성비가 좋다. 유적지 좋아하는 분들에게 좋은 곳이다.

#보로부두르 사원 (Borobudur Temple Compounds)

Kitas(인도네시아 거주증) 소지자여서 할인받고 3만 루피아(2015년)에 입장. 사원에 들어가기 전 반드시 바띡을 착용해야 해서 무료로 빌려주는 바띡을 착용했다. 공휴일이라 사람들이 엄청 많았다. 스뚜빠 뚜껑 없이 노출된 부처님은 인기 사진 촬영 장소다.

아직도 이유를 모르겠다. 보로부드르 사원, 연예인급 인기를 누렸던 곳이다. 갑자기 학교에서 단체 견학 온 학생들이 몰려들어와 사

진을 찍어도 되냐고 묻는다. 심지어 선생님들까지도 합세해서 내 주위를 둘러싸고 사진을 찍기 시작하더니 여기저기서 계속 사람들이 구름처럼 모였다. 싸인 해달라는 요청도 쇄도했다. 게다가 사람들이 사진 찍고 난 뒤에 엄청 기뻐하고 소리지르는 모습에 처음에는 어리둥절 하며 '이게 뭐지?' 싶었지만 좋아해주니 좋긴 했다. 몰려드는 학생들이 막 수줍어하면서도 스마트폰 사진기를 들이댄다. 보로부두르 사원 곳곳에서 내내 이런 분위기였다. 인기

절정. 내 평생 이런 일은 또 처음. 구경하고 몰려드는 사람들에게 계속 둘러 쌓여 사진 찍히며 세 시간이나 있다가 나중에는 끊임없이 밀려드는 인파에 지칠 지경이라 그 곳을 급히 떠나야만 했다. 사원 내려가는 와중에도 계속 사진 찍혔다.

#쁘람바난 사원 (Candi Prambanan)

앙코르와트 느낌 나는 곳. 햇볕이 쨍쨍 내리 쬐므로 얇은 긴팔 겉옷과 양산, 모자가 필수다. 매표소에서 미니 기차 티켓도 판매한다. 미니기차 타고 5분 정도 후 새우 사원 도착. 복구해야 할 조각들이 무더기로 쌓여 있어서 안타까웠다.

#따만사리 왕궁 (Taman Sari)

#Pantai Parangtritis 남부 해변

해변에 있는 말 마차(현지에선 Delman 또는 Bendi라고 불림) 중 하나 선택해서 흥정 후 탑승. 네 시 반에서 다섯 시경 슬그머니 해가 지고 있어서 더 아름다웠다. 마차를 타고 해변을 달려 보긴 처음인데 기분이 아주 상쾌하고 좋았다. 풍경도 정말 아름답다. 남부 해변 말 마차는 남녀노소 다 좋아할 것 같다.

#바틱 체험

6.5 발리

인도네시아에 사는 동안 발리는 네 번 갔었고 갈 때마다 늘 새로운 느낌이었다. 여러 번 가도 질리지 않을 것 같은 휴양지 발리.

#빤다와 해변 (Pantai Pandawa)

물 색이 정말 맑았다. 덥지만 않았으면 오래 있을 만 했다. 눈을 못 뜰 정도로 햇살이 세다. 선글라스, 긴 팔 얇은 남방 필수. 햇빛 받으면 살이 따갑다. 날이 따가워서 서양인들도 여기서 파는 Sarung이라는 현지 얇은 천을 두르고 다닌다.

#빠당빠당 비치 (Pantai Padang Padang)

 입장료가 있다. 작은 동굴 사이에 난 계단을 내려가면 있는 해변. 계단을 내려가니 보이는 비치는 거의 운동장 만했다. 좁은 비치에 사람들은 꽤나 많았다. 〈먹고, 기도하고, 사랑하라〉 영화 배경으로 나와서 그런가 서양인들이 대부분.

 그늘진 곳의 풍경과 햇볕 드는 곳의 풍경이 마치 다른 장소 같다. 홍합이 암석에 다닥다닥 붙어 있다. 갑자기 홍합탕 생각이 났다. 그 사이로 새끼 손톱만한 작은 게가 지나다닌다. 거울같은 물이 예쁘다.

 재미난 사실. 해변 계단 오른쪽에 위치한 화장실 이용료가 약 5천 루피아로 한화 500원 정도다. 당연히 휴지는 개인이 가져와야 하고, 그 밖의 사항으로 세면대를 대신하는 커다란 고무 대야에 물 뜨는 바가지가 있다.

#울루와뚜 (Wuluwatu)

　울루와뚜 절벽의 생계형(?) 절도범 터줏대감 원숭이. 주 타깃은 안경과 모자이며 훔쳐간 즉시 먹을 것을 건네면 물물교환 개념으로 물건을 돌려받을 수 있다. 하지만 건넨 먹을 것이 마음에 안들 경우 물건을 돌려주지 않는다. 적어도 바나나 정도는 돼야 효과 만점인 것 같았다. 저 원숭이 포스가 대단하다. 눈알을 굴리며 먹잇감을 찾다가 나랑 눈 마주치니 눈을 획 돌린다. 잠깐 사이에 안경을 빼앗긴 관광객이 두 명이나 있다. 우붓 지역의 몽키 포레스트에 사는 원숭이들은 관리 대상이라 고구마를 배식 받아서 관광객 물건을 많이 안 훔치는 반면, 울루와뚜 원숭이들은 항상 배가 고파서 안경이든 카메라든 뭐든 뺏으면 입에 넣고 본다. 재빨리 그에 상응하는 먹을거리를 던져주지 않으면 찾기 어렵다. 관리인이 리쯔 겨우 한 알로 유인하자 원숭이가 맘에 안차는지 흥정을 거부하고 어느 관광객의 안경 갖고 가버렸다.

울루와뚜의 석양이 지고있다. 6시에 일몰이니 황금빛으로 물드는
울루와뚜.

#네카 미술관 (NEKA ART MUSEUM)

무엇보다 미술관 앞의 넓은 뜰? 이 좋았다. 꽃나무와 떨어진 잎들
이 아름다워서.

전시된 그림들이 예쁘다. 색감도 파스텔 톤이고 화려하고 식물들
이 많이 등장하고 발리 여자분들의 상반신 노출 모습이 많이 나온
다. 사실 미술관이 작아서 한번 돌면 금방 끝난다. 한 작품씩 찬찬
히 감상하면 오래 볼 수 있겠지만 에어컨도 없고 덥고 작품에 대한
설명도 없고 해서 금방 나왔다.

#우붓 블랑코 미술관 (Museum Blanco Ubud)
포르투갈 사람이 발리 여자와 결혼하고 작품 활동도 했다고 한다.
KITAS 소지시 입장료 할인해준다. 특히 아내의 모습을 많이 그렸
다. 입구를 통과해 들어가면 앵무새가 귀엽게 앉아있다. 말도 좀 하
는듯 ㅋ 안녕하세요~ 했더니 꼬료록세옹? 이러면서 음을 좀 낸다.
관리인이 와서 같이 사진 찍게 팔에 올려줘서 사진도 찰칵. 새가 말
을 잘 듣고 착하다. 슬금슬금 발 갖다가 머리 갖다 대고 긁적긁적
머리 긁는 것도 어찌나 귀엽던지. 미술관 와서 새가 더 좋았다.
　미술관 내부는 대저택 느낌. 수탉과 암탉도 정원에서 정답게 노닌
다. 실내 사진은 금지라 안 찍음. 사실 감시자도 없고 찍으면 찍었
겠지만 뭔가 지쳤었다. 이 미술관은 네카 미술관과 달리 선풍기가
있어서 그나마 너무 덥지 않아서 괜찮았다.

#우붓 시장

Sarung은 마켓에서 한화 2천원~만원 정도면 살 수 있고 가성비가 좋다. 스카프처럼 몸에 두르거나 에어컨이 심한 자동차 안 또는 건물 내부에서 무릎 담요처럼 유용하게 사용할 수 있다. 햇빛이 쨍쨍한 날 피부 보호용으로 두르기에도 좋다. 특히 해변가의 강한 자외선은 피부가 따가울 지경이라 sarung을 걸치는 걸 추천한다. 가격대도 매우 저렴하고 얇고 잘 마르고 가볍고 인도네시아 느낌이 나는 문양들이 많아서 선물하기도 좋다.

숙소 돌아가는 길에 들긴 우붓 시장. 편한 끈으로 묶는 프리 사이즈 반바지 하나 샀다. 시장이 좁은 길을 따라 한 줄로 내려가는 구조다. 그 사이에 오토바이도 다니고 복잡하다. 걷다가 목마른데 죄다 기념품만 팔고, 음료 파는 곳을 찾다가 간신히 찾은 아이스크림 집에서 쉐이크를 마셨다. 우붓 시장 들어가기 전에 음료수 사서 들어갈껄.

#몽키 포레스트

원숭이들 고구마 식사 시간. 사진 찍는데 갑자기 아쿠아 생수병을 채가거니 서로 막 뺏어가며 뚜껑 열고 물 마신다.. ㅎㅎ

몽키 포레스트의 울창한 숲. 인니어로 브링인. 이라고 불리는 벤자민 고무나무는 인도네시아 곳곳에서 볼 수 있다.

#따나롯 사원 (Tanah Lot)

관광객 역시 좀 많고 정오라 날이 무지 덥고 햇살은 따갑다. 긴팔 남방과 모자, 선글라스 준비 필수다.

6.6 롬복

자카르타 회색 도시에 있다가 오니 자연적인 느낌이 좋다.

해변으로 내리쬐는 뜨거운 햇빛에 드러난 피부가 뜨겁다 못해 따갑기 시작했다. 아까 숄 판매하러 왔던 상인들에게 하나 살걸 후회가 밀려오지만 걸칠 게 하나도 없어서 어쩔 수 없이 두루마리 휴지를 꺼내 몸에 칭칭 감기 시작. 그러고 찍힌 사진에서 보니 마치 미라 같았다. 이제는 산이 좋아 바다가 좋아? 라는 질문에 이제는 산. 이라고 망설임 없이 대답할 수 있다.

#길리섬 3개 투어.
롬복 북쪽 왼편에 있는 길리섬 3개

· 길리 트라왕안 (Gili Trawangan),
· 길리 메노 (Gili Meno),
· 길리 아이르 (Gili Air)

길리섬 중 가장 큰 길리 트라왕안에선. 자전거 타고 해변 달리기. 길리 메노는 해변가 산호가 참 예뻤다. 길리 아이르는 길이 참 예뻤다. 세 개 섬 중에서 길리 아이르가 제일 아기자기하고 나와 맞았는데 시간이 얼마 안 남아 아쉬웠다. 엄청 복잡했던 길리 트라왕안에서 정오 땡볕에 자전거 타지 말고 길리 아이르에서 해질 무렵에 여유로이 탈 걸. 다음에 오면 걷기 좋은 섬 길리 아이르에 더 오래 있어야지. 이제 정말 돌아가야 하는 시간. 다시 육지로 가는 데만 1시간 30분 ~ 2시간 걸린다.

#호텔 1일 투어

전통 도자기공장이랑, 전통 자수 짜는 가게, 해변 두 곳(Mawun Beach, Pantai Selong Belanak), 롬복 전통가옥을 보러 간다고 했다.

도자기 공장. 구조가 뭔가 허전하다. 여긴 별로 흥미롭지 않아서 황망히 지나쳤음. 서양인 할부지 두 분이 지나가면서
"I've never seen a toilet like that"라고 말하는게 젤 인상 깊었음.

수공예 자수 가게. 이것도 약간의 팁 2만 루피아 정도 주면 체험할 수 있었다. 직접 해보니 실이 미리 다 구조가 잡혀 있어서 생각보다 복잡 하진 않았다.

숙소 주인이 아름답다고 극찬한 해변은 인도네시아 우기를 맞아 예쁘긴커녕 회색 빛 물. 그래도 현지인 연인 가족들은 즐겁게 잘 논다. 비에 미역이 떠내려와서 바다 냄새가 진했다. 텁고 소금기가 눅눅한 바람이 날아와 머리가 찐득거릴 지경이라 어서 돌아가고 싶었다. 하지만 이걸 보기 위해 얼마 안되지만 입장료도 냈다.

#전통가옥 (Sasak Village)

　롬복의 옛이름 사삭. 방문이 엄청 조그맣다. 실제로 가족들이 거주하면서 관람료 받으면서 생활비로 사용하고 있다. 대가족이 살아서 그런지 아이들도 많다. 비가 부슬부슬 내렸다. 우기에는 거의 매일 비가 내린다.

20150102금 일기

　10시에 Gili섬으로 가는 투어 차량을 타고 출발~ 숙소에서 차 타고 조금 가니 하버. 스피드보트타고 1시간 20분정도 가서 Gili T도착. 사람 바글바글 자전거 1시간 타고 Gili M가서 스노쿨링하고 생선구이 먹고 Gili A가서는 잠깐 발만 딛고 왔다. 길리 A가 한적하고 꽃나무도 많고 여기서 자전거 타고 스노쿨링도 하면 좋겠단 생각! 비도 오고 5시경 출발하여 다시 하버 도착 후 조개구이 먹으러~ Furama식당 조개구이 매운맛이 무지 맛있었다. 원래 해물 비린거 잘 못 먹는데 안 비려서 잘 먹었다. 숙소 오니 살이 탄 부분이 엄청 빨갛고 따가워서 숙소 수영장 이용하고 아직도 빨갛다. ㅠㅅㅠ 내일은 남쪽 해변 투어 하기로 했는데 살이 잘 진정 됐음 좋겠다. 얇은 긴 팔 꼭 챙기고 썬크림 꼭 바르자!

제7화 특별편: 파푸아 사진첩

7.1 파푸아로 출발

　2013년 인도네시아 동쪽 끝에 위치한 파푸아에 가기 위해 수도 자카르타에서 비행기를 타고 자야뿌라 공항에서 한번 경유해 열 두 시간 만에 도착한 파푸아 머라우께 공항. 머라우께 공항에서 또 다시 차를 타고 비포장 도로를 열 두시간을 타고 올라가 도착한 곳.

하늘을 날아 바다를 건너고 강을 넘어 도착하기 까지 웬만한 교통수단은 다 이용했던 오지, 파푸아 내륙. 각종 야생 동물들 특히 파충류인 뱀과 도마뱀을 크기 별로 볼 수 있고, 평생 보지 못했던 다양한 버섯 류를 발견했던 곳.

2013○317일 일기
　지금은 파푸아로 떠나는 비행기 안이다. 오늘 이제 마사지 받았던 데 또 가서 발 마사지 받아서 기분이 좋았다. 그런데 이렇게 싼값에 노동력을 착취 할 수 있다는 생각에 넘 미안하기도 했다. 백화점과

그 옆에 후미진 길에 사는 차 막으며 길 정리해주고 동전 받아 사는 불쌍한 모습들, 앙상한 고양이, 인도네시아의 가난한 모습들이 눈에 들어오기 시작한 날이기도 했다. 아침에 파푸아에 잘 도착해 있길 !

#도착. 파푸아 사무실에 처음 도착 시 두 눈에 담긴 것들: 타일 바닥 위에 남겨진 맨발 모양의 주황색 흙 자국, 그 위를 분주히 움직이는 개미들, 벽에 찰싹 달라붙어 꼬리를 유유히 미끄러뜨리던 작은 도마뱀들, 더운 열기 속에 갑자기 쏟아져 내리던 세찬 비와 시원한 바람, 그리고 파란 하늘과 초록 나무들과 붉은 흙으로 삼등분 지어진 광활한 자연환경.

#시골. 어릴 적, 시골에서 살았던 나의 등교길 양 옆에는 무궁화 꽃이 만발해 있었다. 피어난 무궁화 꽃의 씨앗에서 보송보송 부드러운 털로 감싸져 있는 하트모양의 씨앗을 발견하는 일. 고추 밭 위를 날아다니는 형형색색의 아름다운 잠자리들의 두 날개를 조심스레 고이 모아 잡았다가 놓아주는 일. 비 내리는 날 대문 앞에 찾아온 커다란 두꺼비 한 마리. 우리 강아지 토토와 뛰어놀던 들꽃 가득한 언덕의 풀 내음. 이 모든 기쁨들이 도시로 이사오면서 끝이 났었다. 그런데, 이렇게 다시 시골 생활이 시작되었다. 그것도 인도네시아 파푸아에서. 아직도 풀벌레 소리를 들으면 인도네시아의 밤이 생각난다.

#사진기록. 어느 순간 부쩍 커버려 아기 때 모습이 온데간데 없이 사라져 버렸을 때 언제 저렇게 컸을까? 하는 부모의 심정을 많이 들어보았다. 더 많은 사진을 찍어 놓을 걸 하는 아쉬움이 남는 것처럼 다시는 찾을 수 없는 한 순간의 모습, 풍경으로 남을 것임을 알기에 사진으로 기록해본다.

#웃음소리. 지금 사진들을 정리하다 보니 그때 몸은 힘들었지만 자연 속에서 새로운 동식물 발견할 때마다, 그리고 사람들이랑 지내면서 별일 아닌데도 참 많이 웃었던 것 같다. 찍었던 대부분의 동영상마다 내 웃음소리가 녹음 돼 있으니 말이다.

#구애가. 밤에 잠을 자는데 생전 처음 듣는 소리가 규칙적으로 들려온다. 처음엔 잘 못 들은 건가? 싶고 다시 잠을 자려고 하는데 다시 또 그 소리가 반복된다. 밤에 갑자기 무서웠음. 알고 보니 인도네시아 국민 도마뱀 찌짝이의 구애가일 줄이야. 사실 확인 후로는 잠을 편하게 푹 잘 수 있었다.

20130615토 일기

　임신2.5개월인 직원이 어제부터 사과를 좋아해서 오늘 선물로 사과 한 개 배 한 개를 주었다. 무지 기뻐해서 나도 흐뭇했다. 여기 사람들 대부분 다 예의 바르고 착한 것 같다. 가끔은 미안하기도 하다. 여기서 이렇게 사람들에게 대접받고 산다는 게.. 인생은 길게 봐야 한다. 앞으로 더 많은 행복은 누리면서 나누며 살 수 있길!

20130323토 일기

　오전에 걸어서 사무실 출근하는데 강아지 가족들이 따라오더니 졸래졸래 앞서 걷는다. 경비 아저씨는 뛰어가서 오토바이를 가져와 태워다 주신다. 참 친절 하시다. 재미있는 건 사무실 딱 들어가자마자 스콜이 시원하게 쏴- 쏴- 내려온다는 것이다. 첫 빗 소리라 아주 신기해서 사진과 동영상을 남겼다. cicak과 비슷하지만 위엄 있게 도망가지 않는 도마뱀 새끼도 찍었다. 넘 귀엽다. 여기 삶이 참 좋다.

7.2 시골 풍경

앞장서는 강아지와 포대기에 안겨 있는 아기

시골의 인기 사육 동물 오리들
특징: 떼 지어 나들이 하는걸 즐김

동네 하나뿐인 미용실

흔한 국민 과일 파파야. 곳곳에서 볼 수 있다.

파푸아 마을 풍경

지금쯤 많이 자랐을 아이

가족의 귀가 길

뜨거운 태양이 지고 난 뒤, 자전거 타는 동네 아이

신나는 자전거 달리기

신나는 자전거 타기

파푸아 아이들의 장난감 굴렁쇠 굴리기

할아버지와 함께 놀던 아이

카메라를 좋아하는 아이

7.3 재래시장 풍경

내가 살던 곳 근처에서 가장 큰 마을 시장. '사람 사는 곳이 다 똑같지..' 이 말처럼, 이 곳에도 작지만 가게들도 있고 시장도 있고 나름 활발한 농산물 직거래가 이루어진다.

강 건너 시장으로 가는 운송 수단. 나룻배

옥수수심 먹는 염소, 그 옆에 먹을 종이 뒤지는 염소들
염소의 맛난 간식, 사람들이 먹고 버린 옥수수심.
진정한 친환경 쓰레기 재활용?

파푸아 아시끼의 장날 풍경, 주인공 검정 강아지

소박하게 직접 농사 짓거나 채집해 온 채소들
마을 직거래 장터 잘 익은 토마토와 초록 채소들과 파파야

장사하는 엄마 옆,
사이 좋은 귀여운 형제
건강하게 행복하게 오래오래 살길.

지역 농산물 채소들
마, 가지, 강낭콩, 오이, 고추 토마토 등

  그날그날 팔 만큼만 소량씩 가져다가 판매 하는 마을 시장. 당일
수확 돼서 냉장 시설이 필요 없는 신선한 채소들. 장사하시는 엄마
옆에서 다정히 알아서 노는 귀여운 아이들의 작은 어깨. 소박한 시
장 크기만큼 소박하고 순박한 사람들, 실랑이 하나 없는 평화로운
오후.

7.4 동물들

파푸아 자연에서 살아 움직이는 온갖 종류의 야생 도마뱀과 뱀, 돼지, 닭, 곤충들을 볼 수 있는 경험을 하였다.

#1. 도마뱀

파푸아에서 실제로 처음 봤던 놀라운 생명체. 도마뱀 같은데 엄청 크다. 여유롭게 고개를 하늘로 쳐들고 양팔을 땅에 디딘 채 늠름한 풍채를 자랑하고 있었다. 그 모습에 감탄하고 있는데 옆에 온 현지인이 잡아서 먹을 수도 있다고 알려준다. 하지만 잡아 먹기에는 너무 늠름해 보이는 동물이었다.

잡혔지만 의연한 도마뱀. 현장 탐사 중 발견한 또 다른 도마뱀. 애완용으로 기르려는 것 같았다.

현장 탐사 중 발견한 큰 도마뱀, 낮잠 중인듯.

현장 탐사 중 발견한 꼬리가 긴 도마뱀. 언뜻 뱀 인줄 알았다.
늘씬하다.

길 한복판에서 지열을 느끼며 낮잠 자던 도마뱀.
태양열에 달궈진 따뜻한 땅바닥이 좋았나 보다.
눈을 행복한 듯 꼭 감고 낮잠에 곤히 빠져 있던 도마뱀,
트럭을 세우고 잠시 기다렸더니 눈치채고 후다닥 도망간다.
낮잠을 방해해서 미안해.

트럭 속도가 빨랐다면,
근처에 깔아 뭉개져 있던 '블랙 파푸아' 뱀처럼 생을 마감했을 터..
용감한 낮잠 쟁이.

바닥에 굴러 떨어진 도마뱀 알,
다시 원래 있던 자리에 조심스레 돌려놓음

20130712금 일기
  아침에 사무실 가려는데 운동화 한 짝이 안보여서 불안한 마음이
들었다. 설마... 찾다가 없어서 슬리퍼 신고 출근했는데 목격자 말이
내 운동화 한 짝을 개가 물어서 다른 집 앞에 뒀다고 한다. 산지 3
주밖에 안된 신발인데... ㅠ 점심 먹을 때 보니까 완전 뒷꿈치 부분
이 아예 씹혀서 없어져 있길래 그냥 포기. 한 짝만 다시 살 수 있으
면 좋은데.. 그냥 장화 신고 다녀야 하나.. 아쉽다.
  팜 나무의 열매다발에서 열매들을 털고 나면 빈 다발만 남는다.
그 빈 다발이 꼭 축구공 사이즈와 비슷하여 발로 굴리고 있는데, 하
얀색 조각돌 같은 알 두개가 또르르 굴러 떨어진다. 어느 도마뱀의
알인지 모르지만 미안해서 다시 넣어주고 잘 부화하길 바랬다.

창문에 붙어있는 작은 찌짝이

방에 들어온 작은 도마뱀,
찌짝이 아님. 사촌급인가.

#2. 자연산 돼지

파푸아에서 돼지 떼가 길가를 꿀꿀거리며 단체로 이동하는 모습
이 참 인상 깊었다. 돼지가 좋아하는 팜 나무 열매. 팜 열매가 무르
익어 바닥에 떨어져 있으면 돼지 떼가 엄청 꿀꿀거리며 먹어 치운
다. 돼지가 좋아하는 팜 열매.

마실 중인 토실토실 돼지 무리,
돼지들은 은근 겁도 많았다.
카메라에 놀란 첫 번째 돼지. 돼지야 미안

   알록달록 다양한 색상과 무늬의 유기농 돼지들. 이 곳에서 기르는
돼지들을 보고 놀란 것이 돼지가 분홍색이 아니란 점이다. 자연에서
길러지는 돼지들은 검정색, 갈색, 회색, 반반 무늬 등 너무나 자연
스러운 색깔과 무늬를 지니고 있었다. 흔히 돼지를 떠올리면 연상되
는 분홍색 돼지는 공장식 대형 사육 방식과 번식 방식에 의해 만들
어진 이미지일 뿐이라는 것.

20130330토 일기
   이번 달 마지막 현장답사를 마치고 고향으로 돌아가는 지인을 위
해 다같이 모여서 같이 새끼 돼지 BBQ를 먹었다. 통구이였는데 막
상 통 구이가 된 모습을 보니까 막상 어딘지 모르게 불쌍해서 먹고
싶지가 않아졌다. 껍질만 한입 먹고 그만 먹었다. ㅠㅅㅠ 채식은 아
닌데 어쩌다 보니 오늘은 채소 위주로 먹었다. 오늘 동영상 웃긴 것
도 많이 찍고 아주 많이 웃은 즐거운 날이었다.

20130627목 일기

　농장에서 빨갛고 작은 잔 같이 생긴 버섯을 발견했다. 다른 버섯
은 더 발견하지 못해서 아쉬웠지만, 그래도 이 버섯은 처음 본 거라
기뻤다. 진돗개 크기만한 도마뱀도 잡았다가 현지인들이 집에 가져
가서 구워 먹는다고 밧줄로 묶길래 풀어주라고 했다. 여기 동물들은
처음 보는게 많다. 돼지 우리도 있었는데 아기 돼지들이 귀여웠다.
검정, 갈색, 여러가지 섞인 색, 다양한 무늬를 가진 자연 그대로의
아기 돼지들, 그리고 닭들과 병아리가 참 귀여웠다. 어미를 졸졸 따
라다니는 크림색과 진 갈색 검정이 섞인 보송보송한 병아리들은 가
끔씩 어미 날개 속에 들어가 오손도손 휴식을 취하다 나온다. 돼지
는 분홍색 병아리는 노란색이라는 인식의 탈피를 경험했다. 아, 너
무 예쁜 새끼들.

20130513월 일기

　맹순이가 새끼를 언제 낳았지? 암튼 이 새끼 3마리가 너무 예쁘
다. 그새 조금 컸다고 알아보고는 졸래졸래 뒤뚱뒤뚱 따라오는데 어
찌나 귀여운지, 정말 이쁘다.

20130515수 일기

　강아지 새끼 3마리가 부쩍 날 따른다. 부르면 다다닥 뒤뚱거리면
서 달려오는 모습이 어찌나 귀여운지,, 특히 톰이 가장 재빠르고 미
미는 연약하지만 많이 건강해졌고 먹보는 먹는 욕심이 많다.

#3. 시골 닭

자연에서 사는 닭의 아름다움.
닭이 이렇게 깃털이 멋있는 동물인 줄 이전엔 몰랐다.

20130527월 일기
부두에 갔다가 멋진 수탉을 발견! 프로필 사진을 닭으로 바꿨다.
정말 아름다운 생명체들이 이 세상엔 많은 것 같다. 이 아름다운 것
이 치킨과 같은 것이라니..

#4. 거대한 메뚜기

처음 보는 거대 메뚜기..

문득, 펄벅의 소설 〈대지〉에 등장하는 메뚜기 떼가 떠오른다.
이런 크기라면 먹성이 좋아 지나는 곳을 초토화 시킬 만하다.

#5. 몸을 타고 올라오는 개미들

  농장 다닐 때, 뱀과 마찬가지로 조심해야 할 것 들 중 하나가 개
미이다. 뱀은 크기도 크고 혹시라도 모르고 밟았을 경우를 대비해
장화를 신고 다니니 물릴 염려가 거의 없다. 반면에 개미들은 공격
대상을 이빨로 물어 뜯으며 꼭대기까지 타고 올라 가기에 공포의
대상이다. 초반에 농장 안 풀숲 지나가는데 개미떼를 모르고 밟았는
데, 그 풀 아래에 헤아릴 수 없을 정도로 많은 개미떼들이 새까맣게
장화를 덮으면서 올라오더니 기어코 내 팔과 목 귀까지 물어 뜯었
다. 한번 물리면 개미 몸뚱이를 잡아 뜯어 내야할 정도로 떼어내기
도 어렵다. 개미떼의 습격을 받던 날, 집에 돌아와 따끔따끔 한 피
부 진정시키며 샤워하는데 몸에 박혀있던 개미 머리들이 떨어졌다.
이빨과 같이 머리 부위가 피부에 박혀 있었던 것 같다. 뱀보다도 개
미떼가 더 공포였다.

20130327수 일기
  잡초 뽑고 늪 지나고 개미떼 습격 받고 cicak 큰 버전의 동물도
보고 뱀 죽은 것도 보고 진흙에도 무릎 아래까지 빠지고 리얼 정글
의 법칙을 겪었다. 으으.. 그래도 무사히 집에 와서 샤워하고 밥 먹
고 에어컨 바람 쐬면서 침대에 누워있으니 또 언제 그랬냐는 듯 편
하기만 하다. 인생은 이런 거 같다. 아무리 힘든 시간도 뒤돌아보면
이렇게 마치 없었던 일처럼 현재에 의해 희미해져 가는거. 그걸 아
니까 뭐든 버티기가 수월해진다.

7.5 버섯들

  알 수 없는 버섯들의 천국.
새로운 버섯을 발견할 때마다
먹을 수 있는 건가? 매번 고민하고 사진 찍고
슬며시 건드려보기도 하고 결국엔 그냥 두고 온다.

이 버섯은 아름다운 하얀 레이스 그물 치마를 둘렀다.
너무 예뻐서 계속 쳐다보다 왔다. 파푸아 농장 최고의 패셔니스타

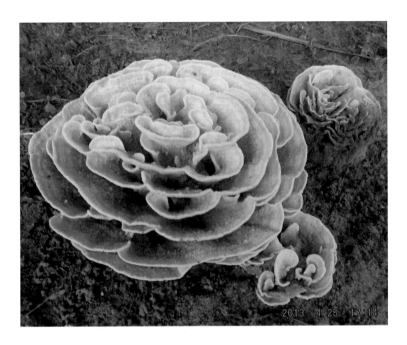

거대한 하얀 산호초 같은 버섯.

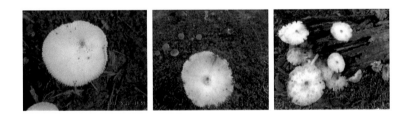

모아놓고 보니, 같은 종류

비료 먹고 자란 야들야들한 맛.
반찬으로 볶아 먹으니 맛났던 버섯

화석같이 딱딱했던 버섯, 길에서 주움.

딱 보는 순간, 치질 모양이라고 생각한 버섯

영지버섯인줄,

귀 같이 생김,
구석기 수렵 생활 중

배고프면 알x우칩 혹은 뻥튀기 과자로 보이는 버섯

핑크색의 앙증맞은 버섯. 보기 드문 색깔이 매력적이다.
화려한 색상의 버섯은 위험하다고 하던데, 독 있나?

축구공보다 더 커다란 버섯

쌍둥이 버섯

고목에서 피어난 버섯 행렬

옹기종기 버섯 군락

하얀 버섯 무리

7.6 오지 생활의 간식

인도미, 인도네시아의 대표적인 라면 브랜드. 그 중 볶음 라면인 미고랭(볶음면). 배고플 때 종종 간식으로 먹었는데 현지 작은 고추 몇 개 같이 넣어 비벼 먹으면 매콤한 맛이 중독성 있다. 문명의 다양한 먹을거리가 없는데도 오지에서 살찌는 이유는 바로 미고랭 때문. '미고랭 살' 쪘다고도 한다. 중독성 있는 간식.

국민 간식 미고랭

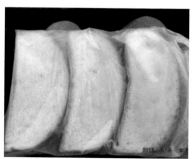
기름 바른 고칼로리 빵

야생 채집 바나나 후식

야생 람부탄

파푸아 한 가운데 오지
길에서 발견한 천연 간식,
작은 꽃 열매 먹기
Free Food

7.7 파푸아를 떠나며

굉장히 편한 복장으로 Merauke 공항에 도착하였지만 떠나는 발걸음이 편하지 않았던 돌아오는 비행기 안. 다시 돌아오면 꼭 한국에서 선물 사다 달라고 하면서도 막상 '무슨 선물 사다 줄까?' 물으면 잘 모르겠다고 대답하며 수줍게 웃던 반짝이던 눈빛들, 내가 다녔던 나라들 중, 가장 문명과 떨어져 있던 이 곳. 그러나 '사람 사는 거 다 거기서 거기다' 라는 말이 맞다는 걸 확인시켜 준 곳.

이 오지에서도 아이들은 모여 밝게 웃으며 소꿉장난 놀이를 하고 있었고, 아이는 엄마 품에 안겨 세상 모르게 곤히 잠을 잔다. 좋아하는 남자를 위해 맛있는 음식을 따로 준비 해 놓는 사랑스런 마음도 있다. 시장 아주머니들은 현금을 챙기며 갓 따온 채소들을 봉투에 담아 건네고 그 옆에는 장사하는 엄마를 기다리며 함께 시간을 보내는 형제가 있다. 농장에서 수확하는 아빠 엄마 옆에서 작은 장난감을 가지고 놀다 잊어버리고 아쉬워할 아이도 있다.

최신식 컴퓨터는 아니지만 직원들은 컴퓨터로 매일 일일 보고서 자료를 입력하고 있고, 종종 정전이 되긴 하지만 전기와 온수도 공급 된다. 피곤한 몸을 쉬게 해주는 침대도 있고, 직원들이 직접 나무를 깎아 만든 옷장, 서랍장, 책상도 있다. 그리고 내가 먼저 웃어주면 더 환하게 웃어주는 순수한 사람들이 살고 있다. 평생 파푸아를 떠나본 적 없으면서도, 차가운 미국산 아이스크림을 좋아하고 한국산 배가 제일 맛있다고 하는 사람들이 있다. 평생 보지 못했던 진귀한 버섯과 파충류와 곤충들이 숙소 바로 건너편 자연 속에 깃들어 살고 있는 곳.

마지막 헤어짐의 대부분은 그 당시엔 모르다가 지나고 나서야 깨달아 진다더니. 그게 마지막 이었을 줄이야. 파란 하늘, 붉은 땅, 그 사이를 촘촘히 메우고 있는 초록 나무들. 처음에 봤던 풍경을 뒤로 보내며 인사를 건넨다

안녕, 파푸아

제8화 안녕, 인도네시아

8.1 안녕

  피천득님의 〈인연〉은 반복해서 읽는 수필이다. '인연'이란 단어가 주는 설렘, 그리움, 아쉬움, 기대감 같은 느낌이 참 애 닯으면서도 좋다. '우리가 만나지 못했으면 어쩔 뻔 했을까'하는 생각만으로도 감사하게 느껴지는 인연이 있다. 인도네시아가 그렇다. 그 장소에서의 만남들, 그 시간을 통해 얻은 배움이 소중하다. 회사 마지막 날 나에게 가장 크게 남아있던 감정은 후련함, 섭섭함, 화남이 아닌 미안함 이었다. 더 잘해주지 못했던 일들만 왜 그리 떠오르는지..

  가끔씩 삶의 장면들이 액자에 넣어져 마음속에 순서대로 전시되고 있는 기분이 든다. 오랜 시간이 층층이 퇴적되고 나서 불현듯 드러나는 감정들처럼 언제 개장할지 모르는 전시회. 이 책을 마무리하는 데는 퇴사하고도 3년 반이나 더 필요했다. 적는데 필요했던 시간보다 내용들을 솎아내는 시간이 더 오래 걸린 것 같다. 그래도 인도네시아 관련 작은 책 한권을 만들겠다는 나와의 약속을 혼자 힘으로 이룬 것이 감사하다. 이제서야 겨우 안녕, 이라고 말할 수 있을 것 같다. (20211212, 서울).

2018년 귀국 후,

안녕, 자카르타. 안녕, 인도네시아.

6년의 시간을 인도네시아에서 보내고, 한국으로 영영 귀국해 내방에서 글을 남긴다. 일주일도 안 됐는데, 벌써부터 자카르타 도로의 작은 풍경까지도 마음 깊이 그리워 진다. 한국에선 본적 없는 초록 물결의 열대 식물들, 뜬금없지만 시원하게 내리던 빗줄기, 맵고 짠 자극적인 음식들 특히 초록색 고추 양념인 Sambal Ijo, 친절한 사람들, 나와 추억을 함께 공유한 직원들, 그리고 교훈이 됐던 모든 경험들. 지나고 보니 모든 사람들에게 배울 점이 있었다. 스쳐 지난 모든 작은 것들에게 까지도 감사한 마음이 든다. 함께 해줘서 고마웠다.

그리움은 마음의 결핍이 아닌 가득 찬 기억에 의한 것이 라더니. 복이 많은 것 같다. 벌써부터 마음속에 그리움이 가득 찬다. 싫어져서 떠난 게 아닌, 내 꿈을 위해 아쉬움을 남기고 나아간 한 걸음이기에 더욱 더 그리워지나 보다.

안녕.. 인도네시아. 또 다른 시작을 위해 잠시만 안녕."

20180416월 일기

한국 와서 깨끗하고 자동 화장실 변기, 수돗물 자동 분사, 자동문 등의 시스템에 역시 한국이 발전했구나 하고 느꼈다.

20180531목 일기

한국에 온지 벌써 한달 반. 계단을 오르다가 문득 어디서나 날 지켜보던 동그란 눈의 귀여운 도마뱀들이 안보이니 뭔가 허전한 기분이 들었다. 적지 않으면 잊혀져 버릴까 하여, 틈틈이 적었던 메모들과 일기를 바탕으로 개인적으로 기록한 것들을 한데 모아본다.

8.2 그 후

#1. 버릴까 말까 고민했던 물건들은 그냥 가져올 걸 그랬다. 놓고 온 나의 카디건이며, 이불이며, 정든 물건들이 계속 떠오른다. 자카르타에서 이불을 택배로 받았다. 2013년 처음 자카르타에 살게 됐을 때 저렴한 가격에 구입해서 인도네시아를 떠날 때까지 함께였던 이불이었다. 짐이 많아 도저히 가지고 올 수 없었는데, 한국에 돌아오니 이불이 계속 생각이 났다. 정이 많이 들었던 이불이었기에, 결국 부탁하여 택배로 받을 수 있었다. 정이란 건 무 생물에게 조차도 이렇게 스며 들어버리는 것 같다.

#2. 라면 면발의 하얀 열기가 훅 하고 얼굴에 다가온다. 자카르타에서 교통체증으로 인해 차에 갇혀 있다가 창문을 내리면 주위를 둘러싼 오토바이로부터 뿜어져 나오는 매연이 훅 하고 차 안으로 들어오던 기억이 떠올랐다.

#3. 자카르타의 마사지숍에서 샀던 재스민 향이 진하게 나는 핸드크림을 퇴사하며 한국으로 가지고 왔다가 공부하기 위해 떠나는 영국으로 다시 가지고 왔다. 그 향기가 좋아서 이기도 하지만, 자카르타 생각이 나기 때문이다. 잠들기 전에 목에 바르고 자면 다음날 재스민 향이 은은하게 번져 참 기분이 좋아진다. 향기와 함께 기억되는 기억들. 시간이 더해지면서 흐릿해 질수록 더.

#4. 여기는 영국, 런던 근교에 위치한 대학교의 대학원 기숙사이다. 빗소리에 잠에서 깨어나니 작년 1월 인도네시아 우기의 빗소리가 떠오른다. 아직도 어둑어둑한 아침에 잠에서 깨면 일어나 출근 준비하고 기사가 대기하고 있는 차를 타고 곧장 회사로 출근할 것만 같은 기분이 든다. 현재 지내고 있는 방의 더블 침대와 하나 있는 큰 창문이 자카르타에서 살던 때를 기억하게끔 뇌에 연상 작용을 주는 것 같다.

#5. 인도네시아를 떠난 지 10개월 째, 아침에 눈을 떴는데 인도네시아에서 짐 정리 후 텅 빈 방을 한참을 바라보다 뒤로 하고 나오던 그 마지막 풍경이 떠올랐다. 부쩍 순간순간 마음에 남은 풍경들이 아무 때나 눈 앞에 나타나 아른거린다.

#6. 엘리베이터에서 13층을 누르고는 아차, 아직도 엘리베이터에서 가끔씩 회사 사무실이 있던 13층을 누르는 내가 신기하기만 하다.

#7. 직원들의 생일 축하 메시지. 퇴사 후 반년이 지났는데 생일을 기억하고 메시지를 보내준 직원이 있는 걸 보면 부하 직원들에게 그리 나쁜 상사는 아니었었구나 하고 안도감이 든다.

#8. 후회를 하면서 문득, 이 나름대로 값어치 있는 후회라는 생각이 들었다. 평생 미련으로 남길 무언가를 없애고 얻은 잠깐의 후회라면 그 나름의 가치가 있는 거였다.

#마지막. 인생에 몇 번 마지막을 예감했던 순간이 있었다. 평범한 풍경이 어느 날 갑자기 시간이 멈춘 듯이 느껴질 때. 지나고 보면 그 기억이 마지막 장면이 되었다. 그런데, 인도네시아를 떠나면서 한번도 마지막이란 생각이 들지 않았다. 지금도 초록 열대 식물 틈새로 보이는 밝은 분위기 속으로 언제든 내가 들어갈 자리가 있는 느낌이 든다. 그러니까. 우리는 다시 이어질 거라는 기쁜 확신.

#안녕, 인도네시아

    인도네시아에서의 시간을 통해 목표했던 세가지 꿈을 이룰 수 있었다. 조금 헤맬지라도 내가 살아온 시간들이 결국에는 내 인생의 최종 무늬를 완성시키는 퍼즐 조각들이 될 거라 믿는다.

    안녕, 인도네시아

*로테라는 가명은, 십여 년간 사용해 온 블로그 활동명으로 대학 시절 읽었던 〈젊은 베르테르의 슬픔〉에서 인용 되었습니다.